岩　波　現　代　文　庫

メメント・モリ

原田宗典
Munenori Harada

文芸 324

岩波書店

目次

メメント・モリ

○

私は今、何を書こうというあてもなしに、これを書き始めた。こんなふうにして書くのは初めてだ。

右に題名を掲げたが、最初に浮かんできたのは、この言葉だった。

メメント・モリ。

最初に目にしたのは、たぶん高校生の時、森鷗外の文章の中ではなかったか……メメント・モリ(死を想え)と括弧して意味も書き添えてあったように思う。これはラテン語だろうか？　よく分からないけどメメントが「想え」で、モリが「死」を表すのであろうことはわかった。

メメント・モリ。

何度も繰り返して書いたり読んだりしていると、段々と念仏じみてくるように思える。

「メメント・モリ」

声に出して読んでみる。と、ますます怪しげな響き。この響きをはじめて目にし、耳にしたのは、鷗外ではなくて澁澤龍彥の文章の中だったかもしれない。どっちでもいい？　確かにその通りだが、そうじゃないことにして話を続ける。いずれにしても純粋だった青春の頃に初めて「メメント・モリ」を知った私は、五十六歳の現在、今に至るまで繰り返しメメントしてきたつもりでいた。しかし今にしてかえりみると、どこか切実さに欠けるところがあった。「死」について、例えば一時間、集中してそのことだけを真剣に考えてみたことなど、一度もない。これは、恥ずべきことなのだろうか？　否、普通の人間なら、そんなことをしたら本当にモリしてしまうかもしれない。あるいは狂ってしまうだろう。確かに、考えてみれば「死」ほど人を狂わせるものは他にありそうもない。

○

今、本が頭の上から降ってきた。これは比喩ではなくて、現象として、本当に本が降ってきたのである。

書斎の南側の壁には、手製の棚が設《しつら》えてある。Ｊマートで単行本の幅の木材を一メートルの長さで六本、切ってもらったのをＬ字型の金具で二箇所（はじめは三箇所留めるつもりだったのだが、木ネジをねじ込むのがあんまり大変なので）留めてあるだけの、何とも心もとない本棚である。床上三十センチくらいから背丈くらいの高さまで単行本幅の板が六段、その各段に三十冊あまりの単行本が雑然と並んでいる。取り付けた当初から「大丈夫かなあ？」と思っていたのだが、これがやっぱり大丈夫ではなかった。約一年半かけて「Ｌ」字型の金具が悲鳴を上げながら少しずつ少しずつ「く」の字型になっていった。今さっき、この本棚の上から二番目に並ぶ本にふっと目をやったところ、単行本が少し手前に傾いて並んでいるように思えた。近寄って確かめてみると、本の群れはやはり全体に前のめりになって並んでいた。私はふと手を伸ばして真ん中あたりの一冊を抜いてみた。そのとたんである。

「バラバラバラバラ」

と音を立てて頭の上から本が降ってきたのだ。内一冊は表紙の角の部分が頭頂部を直撃し、かなり痛かった。うわッ、天の怒りか！と、咄嗟に思った。

この出来事から、私は三つの啓示を得た。

一つ、もっと本を大事に扱うべし。

二つ、これらを読んでみるべし。

三つ、この椿事《ちんじ》を書き記すべし。

三つめの啓示にしたがって、私はこうしてこの文章を書き始めたのであった。

そして二つ目の啓示にしたがって、降ってきた本を確かめてみた。『井伏鱒二対談集』『映画監督ベスト101』『タビトモ　タイ』『サンショウウオの明るい禅』などなど、無茶苦茶な分類の単行本三十数冊である。その中に、付箋してある本が二冊、あった。一冊は『人生の鍛錬　小林秀雄の言葉』であり、もう一冊は『定義集　アラン』であった。

小林秀雄の方は付箋がいっぱいあるので後まわしにするとして、まず『定義集　アラン』の方から開いてみた。付箋がうってあるページを読むと、こう書いてあった。

〈失望
これは、大小さまざまの不幸に出会うことから起る希望のない悲しみの状態である。失望に対しては次の格言が奨められる、「一度に唯一つのことをなせ」〉

私は胸を衝かれる思いだった。そうなのだ。私には昔から、一度に複数のことをしようとする、悪い癖がある。それだから何をやっても中途半端で、なすべきことがなせないのだ。一度に唯ひとつのこと、書くときは書くことだけをなそうとしなければ、書けるわけないだろうが！　と怒鳴りつけられたような気がした。

それだからこうして事後、すぐさま書き記したのである。

ちなみに小林秀雄の方は、怖くて未だ開いてみていない。

○

近年、身近な人がぽつり、ぽつりと亡くなっていく。

いちばん最近は照明のTさんだ。

Tさんは三十年近く前に旗揚げした劇団の初公演の時から、ずうっと照明をつくってくれた人だった。年齢は私よりも一回り上だったろうか——いずれにしても私が二十代半ばで初めて会った時から今に至るまで、Tさんは大人の人だった。物静かで、いつもにこにこしている。Tさんが声を荒げるところなど、一度もみたことがないし、想像すらできない。いついかなる時も、上から下まで黒ずくめの格好をしている。黒いハンチングを被って黒いシャツを着て黒いズボンに黒い靴下を履いて、聞いた話では、ブリーフまで黒いものを穿いていたというほどの念の入れようだった。そこにはTさんのこだわり……と言うか「哲学」のようなものが感じられた。照明という裏方=黒子に徹するのだ自分は、という意気を感じた。だから私の目には、Tさんはいつも一人の「職人」として映っていた。

Tさんが亡くなったのは七月後半だった。死因は心筋梗塞だか心不全だか、心臓だった。

急逝を報せてくれたのは演出家で役者のOさんからのメールだった。

〈突然ですが　照明のTさんが、亡くなりました。ご親族に連絡が取れず、諸々状況は不明だそうです。何か解ったら連絡します。〉

六月にOさんの舞台で、Tさんと会ったばかりだったので、私はびっくりした。「エ!」と声をあげてしまった。すぐにOさんに連絡したのだが、要領をえない。

「Tさんが今仕事してた舞台の演(出)助(手)の子がね、二日くらい連絡が取れないから、心配して家に行ってみたんだって。そしたら部屋で倒れてたらしい。それしか分からないんだよ」

「ご親族というのは？」

「弟さんがいるらしいんだけど……それ以上のことは何も分からないんだよ」

「Tさん、謎の人だったもんなあ」

「そうなんだよ。付き合い長いのに、おれ、Tさんのこと何にも知らないんだ」

電話を切ってから、私はあらためて六月に最後に会った時のTさんのことを思い出してみた。会ったといっても、会釈を交わした程度のことだったが、いつもの黒ずくめの格好のお腹が、おやっと思うくらいに出っ張っていた。Tさん、ずいぶん太ったなあ、と思ったのを覚えている。

二日ほどして、Oさんから電話があった。あの後、ほどなく弟さんと連絡が取れたので、とり急ぎ身内だけで密葬ということになり、お葬式も済ませたのだという。

暗転。

という言葉が思い浮かんだ。Tさんの人生という舞台が最後に突然、暗転して終わったのだ。私は、一人暮らしの自宅の一室で、真黒の格好で斃れているTさんの姿を思い浮かべてみた——影が倒れている、といった印象があった。

暗転の後、ようやく客明かりが灯ったのは、九月も中頃のことだった。

Tさんのお別れの会が催されたのは、代々木八幡にある青年座のスタジオだった。盛会だった。

祭壇にはTさんの遺影が掲げてあり、そこに白い花を一輪ずつ捧げるだけの、ごく簡素な式だった。遺影の下の壇には、麻雀牌と缶入りのショートピースが置いてあった。どちらもTさんがこよなく愛したものだった。

「ここで麻雀をするわけにはいきませんが、煙草の方は遠慮なく吸って、Tさんを送ってあげてください」

挨拶に立ったご友人の方がそう言って、まず自分で一本ショートピースをくわえて、火をつけた。紫煙がゆったりと宙に漂い、Tさんの遺影の前でゆらめいては消えていく。私も早速、缶から一本抜いて、火をつけた。

「美味いね、Tさん」

遺影に向かって、ひそかに語りかける。その一本のショートピースは、掛け値なしに美味い煙草だった。煙は目にも沁みたが、心にも沁みた。このほろ苦さが、きっと別れの味なのだな、と私は思った。

暗転。

○

北海道の支笏《しこつ》湖に行ったのは、もう二十年も前のことだ。

著名な文化人類学者Y先生を担ぎだして『日本温泉学会』なるものを立ち上げようとする人がいて、その第一回めの会合が支笏湖温泉で催されるのだという。会合といっても、単なる宴会だから、一緒に行かないかと誘ってくれたのは、古い友人のHだった。その頃の私はフットワークも軽かったし、生活に余裕もあったので、物見遊山でHについていくことにした。

温泉宿の大広間に四十人くらいの人々が集い、夕刻から宴会が始まった。各人の前には北海道の珍味を山盛りにしたお膳が据えられ、酒を酌み交わしながらの会合だった。司会の人に続いてY先生の挨拶だか講義だかが始まったが、すでにかなり酔っておられる様子で、何の話だかさっぱり分からなかった。始めは手を止めて聞こうとしていた人たちも、酔いが回ってきたのか、次第に私語が声高になり、飲み食いの音にも遠慮がなくなって、Y先生の話はますますわけの分からぬものになってしまった。次に立ったのは、妙齢の女性で、温泉は混浴であるべきだという持論を小さな声で語ったが、これにはあちこちから野次が飛び、拍手がわいた。

「実にアカデミックな会合だね」

私は隣に座っていたHに皮肉っぽく話しかけた。

「だから宴会だって、最初から言ったろう」

Hは苦笑いで答えた。この後、温泉とデザインについて何か話さなければならないので、ひどく困惑している様子だった。それを紛らわそうとしてか、Hは急ピッチで酒を飲み始めるのだった。小一時間ほどで、宴は無礼講の様相を呈してきた。

「では、この続きは温泉に浸かりながらということで」

誰かが言った。皆、まだまだ飲み足りないらしく、それをしおに立ち上がる人は少なかった。もともとあまり飲めない私は一番に立ち上がり、Hを促して露天風呂へ向かった。長い渡り廊下を下っていくと、途中から独特の湯の香が鼻先へ漂ってきた。

「おい、これを見ろ」

脱衣場で私は乾いたタオルにくるんだ葉巻を一本、取り出してHにみせた。この旅の前日、新宿の紀伊國屋の一階にある葉巻屋で買って、持ってきたものだった。

「温泉に浸かりながら葉巻をふかしたこと、あるか？」

「ない」

「おれもない。どうだ？」

「いいね」

私たちは浴衣を脱いで、露天風呂への扉を開けた。湯の香まじりの風が、正面から吹いてくる。夜の支笏湖は、真っ暗闇の中に沈んでいる。風呂は湖の際に沿って大小の岩を組み、歪んだ円形状に設えられていた。明かりの数は少なく、二、三人の入浴者の姿がかろうじて確かめられる程度だ。

足先からそうっと入ると、湯は思ったよりもぬるかった。深さは胸まで浸かる所もあるが、湖の近くは浅い。底には玉砂利が敷いてあり、足裏に心地よかった。肩まで浸かって確かめてみると、湯面と湖面はほぼ同じ高さだった。湖沿いの岩はごく低く組んであるので、風の具合によっては、さざめいた湖面の水が風呂の中に流れ、溶けこんでくる。そのせいで、湯はぬるく保たれているらしい。

「おい、葉巻」

Hに促されて私は湯から上がり、乾いたタオルで手を拭いてから、ビニールパックの封を切り、葉巻を取り出した。

「本当はシガー・カッターがあればいいんだけどな」

言いながら、吸口を前歯で慎重に嚙み切る。それからライターの火で、葉巻ぜんたいを軽く炙《あぶ》る。

「何してるんだ、それ？」

「ウォームアップ、というのだ」

私は得意げに答えた。葉巻屋でもらった小冊子に書いてあった、にわか仕込みの豆知識だった。これみよがしに十分すぎるほど炙ってから、ようやく先端に火をかざす。吸口の穴が小さかったのか、あるいは湯煙で湿ったせいか、火はなかなかつかなかった。やっとのことで先端が赤く燃え出し、盛大な煙が立ち昇った。私は頭がくらくらしたが、それを押し隠して、

「うーん、美味い」

と言って、葉巻をHに手渡した。Hは奪うように受け取り、すぱすぱ吹かしながら

湯に入り、腰まで浸かった。

「おい、濡らすなよ」

「分かってるって」

私たちは交互に葉巻を吹かしながら、ぬるい湯に浸かったまま、夜の湖を眺めた。空に星はなく、風は静かに吹いたり、止《や》んだりしていた。私たちの後から酔客が四人、五人と連れ立って、次々に露天風呂へと入ってきた。ややあってから、先ほど温泉混浴主義を主張していた女性が、バスタオルを巻いて現れた。皆の視線が一瞬にして彼女の軀に集中する。次の瞬間、彼女は勢いよくバスタオルを剝いで全裸を晒し、水音を立てて湯に飛び込んだ。拍手と歓声がわいた。だが、それだけだった。彼女は湯の深い所に肩まで浸かったまま、近くにいた知り合いの男性客たちと軽口を叩き合うばかりで、湯から出ようとしなかった。薄暗がりで一瞬しか垣間見えなかったが、その裸体はかなり太めで、欲情をそそるようなものではなかった。私とHは目を合わせると、互いに似たような笑みを浮かべて、葉巻の紫煙の行方に視線を戻すのだった。

「支笏湖のシコツというのは、アイヌ語かな？」

そんなことを、私はぼんやり尋ねた。

「まあ、そうだろうな。日本語にしては、忌まわしすぎる」

「そうだよな……でも分からんぞ。大昔から、死者を葬る場所だったとか、上から見ると湖が髑髏《どくろ》の形をしているとか」

「それはどうかなあ。ただ、かなり深いという話は聞いた」

「水葬向きだな」

「あと、湖の周囲のほとんど、特にこの対岸の森は人跡未踏だという話だ」

「自然保護ってやつか？」

「いや、もっと太古の時代からの手つかずの森が、そのまま残っているらしい」

「シコツコの森、か……」

私は対岸に目を凝らした。湖と同じ深さの黒色が、かすかながらもこんもりと盛り上がって見える。人跡未踏の暗闇は、何万年も前からただそこにいて、じっと沈黙しているように思えた。

やがて酔客たちの多くは大して湯にも浸からずに各々帰ってゆき、中の一人に声をかけられたHも、「お先に」と言い残して去っていった。例の女性もいつのまにか姿を消していた。

湖のほとりの薄闇の中に、私は一人、取り残された。風が止んだ。静かだった。

私は一旦湯から上がり、岩に腰かけて、両手をよく拭《ぬぐ》ってから、消えてしまった葉巻に火をつけた。燃え上がる先端の赤が、目に鮮やかに映った。

「兄ちゃん……」

右手の岩陰で、声がした。

「いいもん吸ってるね」

ざばりと湯に入る音がして、手拭いで鉢巻きをした男が、近づいてくる。片手に一升瓶、もう一方には旅館の湯呑みを持っている。ほぼ平たい岩一つ隔てて隣に腰かけると、男は言った。

「おれも一服、もらっていいかね?」

その言葉には、独特の訛りがあった。と言うか、呂律《ろれつ》が回っていない様子だ。いいですとも、と答えて葉巻を差し出すと、男は濡れた手でそれを受け取った。

「ギャングみてえらな」

言いながら男は煙に噎《む》せ返り、激しく咳き込んだ。湖の対岸まで響き渡りそうな咳だった。「ええい、ちきしょうめ」と言ってその咳を押さえ込み、すぐに葉巻を返してくる。

「やっぱ、おれはこっちらな」

慣れた手つきで一升瓶を持ち上げ、湯呑みに注ぐ。ちょうどいい按配に八分目まで注ぐと、それを呷《あお》って喉を鳴らした。いかにも美味そうな、豪気な飲みっぷりだった。

「さあ、ご返杯ら」

空の湯呑みを差し出されたが、私は尻込みした。

「いえ、結構です」

と断ると、男は意外だったらしく、大袈裟に目を丸くして、

「飲まねの？　本当に？」

と訊き返してきた。

「ほとんど下戸なんですよ。うちは、親父もおじいちゃんも酒、飲めなかったんですよね」

「へええ、そらまた気の毒ちゅうか何ちゅうか……おれんちはよ、みぃんな大酒飲みら。母ちゃんまで大酒食らって絡んでくるらから、こっちは酔っぱらってる暇もねえ始末さ」

男は声を上げて笑い出し、つられて私も笑った。その拍子に気づいたのだが、男の右頰から顎にかけて疵痕《きずあと》があった。私の視線を敏感に察知して、男は指先で頰を撫でながら言った。

「これな、演習ん時、銃剣持って塹壕《ざんごう》に飛び込んだら、転んでねえ。自分でやっちまったんだ。顔がふっとんだかと思ったよ」

一瞬、戦争かな、と思ったが、男はどう見ても六十代、いや五十代にも見える。厚い胸板や太い腕は、私よりも若々しいくらいだ。

「自衛隊、ですか?」

「そうよ。陸自よ。まだ新米の頃れな……慣れてなかったんらなあ」

「そういう怪我とか事故とかは、よくあることなんですか?」

「そらもう、しょっちゅうら。特に演習ん時はよ、あれ戦争と同じらからね。おれの目の前で、戦車のキャタピラに巻き込まれて死んだ奴もいたよ」

私はその半年ほど前に、深夜の名神高速で、戦車を積んだトレーラーを目撃したことがあった。それは異様な光景だった。そのことを話そうとすると、男は「そりゃあいけねえや」と言って話を遮った。

「危ねえんだよ、自衛隊のトラック。あれ、たいてい新米に運転させせんだ。演習ん時なんかよ、シゴキで三日三晩眠らせねえで、運転させるんら。んだから居眠り運転サして、しょっちゅう事故ら」

「何でそんな……」

「自衛隊っても、ありゃあ軍隊らからね。戦争になったら、もう何でもありっしょ？　んだから演習ん時も、何でもありでシゴキにシゴクんさ……おれがこの疵やっちまった時の上官も、嫌な野郎でねえ。青森かどこかに転属になった先でも嫌われたみたいでよ、最後は後ろからフライパンでボコボコにぶん殴られて、おッ死《ち》にやがった。ざまあみろ、と思ったね」

「そりゃあ大事件じゃないですか」

「なあんもよ。隊ん中で起きたことは、絶対表には出ねえんら。何もかんもぜーんぶ事故ら」

「…………」

「おれもよう、下っ端のまんまでよく務め上げたもんら……まあ、この疵のおかげかなあ。こういうの何て言うんだっけ？　怪我の……」

「……功名、ですか」

「そう、それそれ。ここにこんな疵があっちゃ、もうヤクザになるか自衛隊で働くか、酒飲むしかないっしょ。だから務まったんら」

男は豪快に笑った。のけぞった拍子に湯面が揺れた。私たちは途中から湯に浸かって、話し込んでいた。その間、男は酒を湯呑みに注いで二杯、美味そうに飲んだ。私の葉巻の火は、いつのまにか消えていた。

「じゃ、お先に失礼します」

私は軽くお辞儀をして湯から上がり、濡れたタオルと吸いかけの葉巻とライターを手に、脱衣場へ向かった。扉を開けようとした時、背後から男の声が響いた。

「おおい、兄ちゃんよう」

振り向くと、男は湯の中で手を振っていた。

「さっきのボインの姉ちゃんによう、男前の酔っぱらいが風呂で待ってるって、伝えといてくれや」

「了解しました」

私は大声で答え、風呂場を後にした。

浴衣を着て、長い渡り廊下を上り、元いた宴会場に戻ると、そこはまったくの別世界に思えた。

もうすっかり出来上がっているHの隣に座って、飲めない酒を嘗《な》めながら、大分短くなってしまった葉巻に火をつける。

「今さ、風呂で面白いおじさんに会ったよ」

と話しかけたが、Hはまともに取り合ってくれなかった。先ほど話し足りなかった温泉とデザインについて、壊れたレコードみたいに喋り続けている。私は夜の支笏湖の暗闇や男の頬の疵痕、キャタピラに巻き込まれて死んだ同僚やフライパンで殴り殺された上官のことをぼんやりと思い巡らした。

やがて救急車のサイレンが遠くから近づいてきて、旅館の正面玄関あたりでふっと途切れるのが聞こえた。宴会場が一瞬しんと静まり返る。廊下を行ったり来たりする、数人の足音が響いた。

「風呂場で倒れた奴がいるらしいぞ」

誰かがそう言った。何人かの野次馬が立ち上がり、千鳥足で様子を見に出て行った。

「あのおじさんだ」

私は確信をもって言った。

「誰らって?」

Hは呂律の回らない口で訊き返してくる。

「だから自衛隊のおじさんだよ、おれがさっき風呂で会った面白いおじさん」

私はまた一から話して聞かせた。Hは据わった目をして聞き入っていた。話が終わったところで、再び旅館前でサイレンが唸り始め、耳をそばだてる暇もなく猛スピードで遠ざかっていった。


それから十年たった。

ある日の朝刊で、Y先生が亡くなったことを知った。その数日後、吉祥寺の喫茶店でHと会う機会があった。話はY先生の訃報から、支笏湖の思い出へと流れていった。黒々と沈んでいた湖や風呂の中で吸った葉巻のこと、温泉混浴主義の女性の裸体……面白おかしく話し合って、私たちは笑った。

「そういえばあの自衛隊のおじさん、どうしたかな?」

私が無邪気に尋ねると、Hは急に眉をひそめた。

「自衛隊の？」

「ほら、風呂で倒れて、救急車で運ばれていった人」

「おまえ知らなかったのか？」

「何が？」

「あの人、死んだんだよ」

私は絶句した。元自衛官の男は救急車で搬送された病院で死亡が確認されたと翌日聞いた。Hは低い声でそう語ったが、にわかには信じられない話だった。はじめはただ驚きだけがあって、次第にやるせない、虚しい気持が私を支配した。最後に会話を交わしたのは自分なのかと思うと、実に奇妙な、申し訳ないような気がした。

「さっきのボインの姉ちゃんによう、男前の酔っぱらいが風呂で待ってるって、伝えといてくれや」

そう言った後、あの男は死んだ。真っ暗闇の支笏湖のほとりの岩風呂で。額にしめた手拭いの鉢巻だけが、やけに白く浮かび上がって見えたことを、私は思い出していた。

○

不眠症の人たちが、夜を現出させている。

そう言ったのは、誰だったろう？　多分フランスの詩人だか哲学者だったと思うが、誰が言ったのかはこの際どうでもいい。

なるほど眠っている人にとって、夜は存在しない。夜を存在させているのは、眠らずに起きている人たちだ。眠らないかぎり、彼らは夜を現出させ、夜の時間を過ごすのだ。

夜――。

そういえば開高健が、紀伊國屋ホールで開かれた講演会の中で、こんなことを言っていた。

「夜、という名前をですね、一番最初につけた奴は、こりゃドえらい奴《やっちゃ》ァ！」

氏はさらに「ライオン、という名前を最初につけたのもドえらい奴ァ」と続けるのだが、まあライオンはともかくとして、「夜」という名前を最初につけた奴は、確かにすごい。

夜にまだ名前がなかった頃、というのを想像してみる。それは原始の時代——人間がほとんど猿だった時代のことだろう。物質として存在するものに名前をつけるのは（ライオンも含めて）比較的たやすかったかもしれない。しかし触ることも、指し示すこともできない自然現象に名前をつけるのは、至難のわざであったろう。仮に天才的な命名者が一人いて、暗くなったこの状態を「夜」と名づけることに成功したとしても、それを仲間に理解させるのには、何万年も要したのではなかろうか。そう考えると、夜に「夜」という名前がついたのは、他の様々な命名がなされ、言葉が大分熟してからのことだったかもしれない。

ちなみに白川静『字通』をひもといてみると、「夜」の項にはこう記されている。

〈【夜】　［会意］大＋夕（月）。大は人影の横斜する形にかかれ、人の臥す形とみられる〉

なるほど、と納得する私は今、眠らずに現出させている夜の中にいて、これを書いている。

○

ジョイントが回ってきた。今までに見たこともないほど太く、きれいに巻かれたジョイントで、吸口には煙草のパッケージをちぎって丸めた厚紙が使われていた。親指と人差指で摘んで吸うと、大量の煙がスムースに流れ込んできて、肺を満たした。少しもいがらっぽくない。息を止めて、胸中で煙を味わう。静かに吐き出して、もう一服。それでもう私はキマってしまった。

「いいでしょう？　サイコーでしょう」

Iの声が矢のように飛び込んできて、頭の中で響きわたる。

「やっぱ違うなあ、Sさんのキメは！　何ていうんでしたっけ、こいつは？　ブタ？」

「ブッダ・スティック」

Sさんは含み笑いで答えた。低い、ががら声だ。

「仏様の指だよ」

「へえぇ、仏様の？　仏様もやっぱ好きだったんすかね？」

「そりゃあそうだろう。インドだもの」

「あそうか、インド、本場ですもんねえ！　て言うことは、これインド産？」

「さあね。どこからだか知らねえけど、誰かがケツの穴に突っ込んで持ってきたんだろ」

「マジすか？」

「マジ。スティックだから」

笑い出すと、各人の笑い声が合流して渦をなし、室内をぐるぐる巡って止まらない。

世紀末、一九九九年の秋のことだ。

そこは中野にあるIの家――私が勝手に〈最悪庵〉と名づけた一室だった。六畳の中央に長火鉢が据えてあり、東側の壁際に色褪せた水色の三人掛けソファが置いてある。火鉢の灰の中には無造作に突っ込んだ煙草の吸い殻が、何十本も卒塔婆のように立っている。ゴトクに載せた鉄瓶は空で、炭はおこっていない。隣に座っていたNが煙に噎せて、ジョイントをIに手渡した。

「あーあ、Nさんみっともないっすよ。そんな意地汚く吸っちゃあ、仏様が泣きますよ」

Iはにやにやしながら一服キメて、すぐにジョイントをSさんに回した。その言い方がいつになく辛辣だったので、私は横目でNの顔色を窺った。左の頰骨のあたりが赤く腫れていた。どうしたんだ、と訊くと、今朝Iに殴られたのだと言う。

「Nさんが悪いんすよ。車出せって言ったら、いきなりぶつけるんだから。思わず右パンチ、軽くですよ、かるーく」

Iは悪びれた様子もなく言った。Nはにやにやして頰を撫でながら「どこが軽くだよ」と応えた。

Nと私は高校時代からのつきあいで、特に二十代の中頃に彼が上京してきてからは、しょっちゅうツルんで遊ぶ仲になった。当時はバブルが始まった頃だったから、二人とも羽振りがよかった。Nは青山の骨董通りのマンションにデザイン事務所を構え、私は渋谷の常磐松《ときわまつ》に仕事場を持っていた。そして二人とも同じ時期に結婚し、同じ早稲田の地に所帯を持った。当然、始終行き来があった。ドラッグを覚えたのも、その頃だった。ある晩Nの部屋を訪ねると、

「最近、こんなの育ててるんだよね」

と言って、鉢植えの植物を見せてくれた。まだ若くて、三十センチくらいの丈しかなかった。「何これ？」と尋ねると、

「大麻だよ」

とNは率直に答えた。あらためて十数枚開いている葉っぱをためつすがめつしてみると、それはレゲエショップで売っているシールやTシャツのプリントと似たような形をしていた。どこで手に入れたのかと訊くと、Nは「ペットショップさ」と惚《とぼ》けた。

「鳥のエサ、あるだろう？　あの中に麻の種が混ざってるヤツがあるんだよ。それを選り分けてだな、試しに植えてみたんだ。そしたらこれ一本だけ、上手く育ってさ」

「へえ、すごいな」

何がすごいんだか分からないが、私がそう言って感心すると、Nは急に笑い出した。

「嘘だよ。鳥のエサの麻の種は、よからぬことをする輩が多いもんで、一旦炒《い》ってから売ってるらしい。育つわけないよ」

「じゃあ、これはどこで？」

「ネタ元を明かさないのが、この世界の最低限のルールさ」

Nは悪ぶって答えた。大分後になってから知ったのだが、この時の「ネタ元」というのがIの奴だった。私は好奇心のあまりに落ち着きを失い、鼻息を荒くして、

「これ、どうやってやるんだ?」

「もうちょっと大きくなったら、乾燥させて、このキセルに詰めて吸うんだ」

Nは普段シケモクを吸うのに使っている短いキセルを見せて、立ち上がりながら言った。

「実は二、三枚ちぎって乾かしてるヤツがあるんだ」

Nは一旦隣の部屋に消え、緑色の小さな葉っぱを大事そうに持って現れた。触らせてもらうと、それはまだ乾き切っておらず、しんなりと掌に貼りついてきた。これでもいいからやってみようとせっつくと、Nは不承不承葉っぱを手に取り、電子レンジに入れた。タイマーを二十秒に合わせ、

「本当はこんなことしたくないんだけど……」

と言いながら、スイッチを押す。後から考えると、こんな無茶な乾燥方法はない。温めすぎたら、それはただの雑草に変わってしまうのだ。けれどこの時は、私があんまり物欲しそうな顔で迫るものだから、Nとしても非常手段を使わざるをえなかった

のだろう。チン！　と音がするやいなやNはレンジの扉を引き開け、ぐったりした葉っぱの匂いを嗅いでからそれを丸めてキセルに詰めた。

「あんまり効かないと思うけど……」

言いながらライターで火をつけ、すぐに手渡してくれた。火皿の中で生乾きの葉っぱは、かすかに燃えて一筋の淡い煙を立ち昇らせていた。唇をすぼめて勢いよく吸うと、予想外に大量の青臭い煙が肺までどっと入ってきた。私は噎せた。噎せて噎せて、涙が出た。噎せている間にNはキセルを受け取り、自分も一服して、

「駄目かな、こりゃあ」

と言った。喉が痛いのを我慢して、私はもう一服吸った。やはりひどく噎せた。

「何だよこれは！　煙たいだけじゃないか」

「まあ、そう怒るなよ。ん？　ちょっとキマってきたかな？」

「嘘つけ！　何にも変わらないよ」

「そうか？　音楽かけてみようか。最初、耳にくるんだよね」

そう言ってNはプレイヤーににじり寄り、載せてあったレコードに針を落とした。

それはビートルズの青盤だった。

「全然何ともないよ！　全然……」

言いながら立ち上がろうとすると、足元がゆらりと揺れた。見下ろすと、ずうっと下の方に牛が一頭いるのが見えた。実際にはそれはホルスタイン柄のライターだった。ジョンとポールの歌声が、目の前で歌ってくれているように物凄い迫力で聞こえてきた。私は腰を抜かして座り込み、げらげら笑い出した。そして笑っているうちに気が遠くなり、眠り込んでしまった……。

またジョイントが回ってきた。もう十年も前の初体験の思い出に浸っていた私は、はっと我にかえって、それを受け取った。もう十分キマっていたが、一服して、隣のNに回す。その左頬が赤く腫れ上がっていることが、やはり気にかかった。

「十年か……」

私はそう呟いて、遠い気持を味わった。「何が？」とNが煙を二筋、鼻から吐き出しながら尋ねてくる。

「いや、早いもんだなあと思ってさ。何だか年を取れば取るほど、時間が早く経つような気がしないか？」

「そうだなあ……そうだけど、そりゃしょうがないよ。分母が大きくなっていくんだから」

「ブンボ？」

「つまりだな、例えば五歳の子供は、一年という時間を自分の人生の五分の一の長さとして捉えているけど、四十歳の奴は、一年という時間を自分の人生の四十分の一として捉えるわけだ。だから年を取れば取るほど、一年は短く感じられるようになっていく——時間が早く経つように感じられるんだろ。どうしようもないよ」

「おまえ、それ今思いついたの？」

「いや、大分前に考えた。時間って不思議だなあ、と思って」

「へえ……」

Nは左手の壁に架けてある時計を指さして言った。

「みんなあれを時間だと思ってるからいけないんだよ。あれは時刻だ。時間じゃない。何でもそうだけど、数字に置き換えると、人は分かったような気になる——でも実際は逆なんだよ。数字に置き換えると、その本質はかえって分からなくなってしまうんだ」

「本質？　時間の本質って何だよ？」

「そんなこと分からないよ。分かればノーベル賞もらえるよ。おれに分かるのは、時間は数字じゃないってことくらいだ。時間っていうのはデジタルじゃなくて、もっとこう……何て言うか……情緒みたいなものじゃないのかな」

「情緒って、人の気持かい?」

「うん……時間は何に似てるか、こないだ考えてみたら、情緒に似てるんじゃないかって思ったんだよ」

私は昔からこの手の話をNから聞くのが好きで、この時も聞いているうちにわくわくしてきた。Nは絵も描くし、ギターも弾くし、詩や散文を書く才能にも恵まれている。しかし中でも最も優れているのは、そのインスピレーションだ。昔も今も、Nのインスピレーションは美しい。その美しさが、いつも私の胸を躍らせるのだ。

「あ、お茶だ。お茶いれてきますね」

どこかの世界にキマってぼうっとしていたIが、急にそう言って立ち上がった。

「Nさん、手伝ってくださいよ。今朝汲んできた水、長瀞の水、車から持ってきて」

「オーケー」

Nは空の鉄瓶を手にし、Iの後について部屋を出て行った。後にはSさんと私と、吸いかけのジョイントが残った。

「ナガトロって何だい？」

Sさんが尋ねてくる。

「秩父の先の長瀞ってとこですよ。今朝早くに車で行って、水汲んできたって言ってましたけど」

「わざわざそんな遠くまで……」

Sさんは鼻を鳴らし、怪しいもんだな、と付け加えた。

「N君は今、ここに居候してるんだって？」

「そうみたいですね」

「その前は君んとこに居候してたんだろ？」

「ええ、まあ……」

私はひやりとして、どうして追い出したんだと訊かれた時の答えを頭の中で巡らせた。義妹が離婚して、越してくることになったので、という言い訳を大慌てで用意したが、Sさんはそれ以上何も訊こうとはしなかった。ジョイントを深く吸い込んで、盛大な煙を吐き出しながら、こう言った。

「あの二人、シャブやってるな」

私はまたひやりとした。実は、Nを追い出した本当の理由はそこにあった。そうですかね、と惚けると、Sさんは笑った。

「顔見りゃ分かるんだよね。Iの野郎、こそこそキメやがって。どこから仕入れたのかな？」

「さあ……」

Sさんは薄笑いを浮かべながら、私を見つめてきた。その目は作り物みたいに白黒はっきりと輝いている。長髪を後ろで束ねた髪型とも相まって、Sさんの容貌はインディアンを想わせる。年齢は、よく分からない。私より年上なのは確かだが、会うたび毎《ごと》に異なった年代に見えるのだ。今日は顔の肌艶もよく、四十代前半、下手をすると三十代にも見える。

半年ほど前、初めて会った時のSさんは、六十代に見えた。ニッカボッカに地下足《じかた》袋《び》という出で立ちのせいもあったのかもしれない。その時Sさんは、Iの家の小さな庭を造作中だった。渡された名刺は裏と表で姓名が異なり、住所も違っていた。肩書は片方が「庭師」、もう一方が「空手道場師範」とあった。紹介してくれたIは、い

つものにやにや笑いを浮かべながら、

「けど、どっちも本名じゃないんすよね。おまけにもうひとつ裏の名前まであるんだから」

そう言って「S」という通称を教えてくれた。裏というのは……と私が訊きかける先に、Iは自慢げに答えた。

「運び屋ですよ。日本一の運び屋」

言い終わる前にSさんの拳がIの腹にめり込んだ。手加減なしの鋭いパンチだった。Iはうッと唸って軀をくの字に折り曲げ、「きッつぅ」と漏らした。

「さえずるんじゃねえよ」

Sさんは怖い声でそう呟くと、急に別人のような笑顔になって、右手を差し出してきた。

「そういうわけで、よろしく」

握手すると、その掌はいかにも庭師兼空手道場師範らしく無骨で、獣じみたものだった。縁台に腰掛け、三十分ほど雑談を交わしたが、私はつとめて庭師の話題に徹した。Sさんは今、南伊豆の山中に所帯を持っていて、そこで植木などを栽培しているという。

「でもな、近々移住しようかなって考えてんだ……」

「おっと出ましたね、スペイン」

傍らに立って煙草を吸っていたIが茶々を入れる。一瞬Sさんが気色ばむと、Iは素早く身を引いて、家の中へ逃げていった。

「食えねえ野郎だ」

「移住って、スペインにですか？」

「ああ、まあな。一山当てたらな。俺、三年前によ、半年くらいスペインにいたんだ。マドリッドにダチ公がいてよ。いいぜ、スペイン。キメなんか買う必要ないから。欲しくなったら駅に行ってさ、灰皿の吸い殻を漁ってくんの。そうすっとハシシ混ぜて巻いたやつがごちゃまんとあるから、それほぐして巻き直せば、売り物になるくらいキマるんだよね。もう楽勝って感じだから」

「そりゃあ経済的ですね」

「それによう、ヨーロッパもアメリカも何だかんだ言って、白人がでけえ面《つら》してんのよ。表向きはキレイ事言ってるけど、肚《はら》ん中じゃ差別キツいんだよね。俺の知ってる中じゃ、スペインだけだよ、そういうのがないのは。しかも芸術やってる奴に対しては、何人《なにじん》だろうが無条件で尊敬してくれんの。俺も一応庭を造るアーティストって触れ込みで行ったから、すげえもてなしてくれてよう。芸術家は金がないもんだって分かってるから、毎日食い物も酒も持ち寄ってくれてさ、時には女まで世話してくれるんだから……天国だよ」

初めて会った時、Sさんはそんな話をしていた。真偽のほどは分からない。けれど聞いている最中には独特のリアリティがある――それがSさんの話しぶりの特徴だった。

Sさんはジョイントをほぼ根本まで吸ってから、私に回してきた。そして「もう本巻くか」と言って、こちらの答えを待たずに、巻き始めた。

「とにかくよう、シャブはいけねえや。あいつら、注射器でキメてんのか？」

「さあ……炙りじゃないんですかね」

「だろうな。最近じゃシャブそのものより、注射器の方が手に入りにくいもんな」

「そうなんですか……」

「ああ……注射でキメるようになったら、もう終わりは近いってことさ。本当に一人ぼっちになって、狂って、キレて、死んじまうんだ。捕まってム所行きになる奴も多いけど、結局は同じことを繰り返して、やっぱり死んじまうんだ。そういう奴を俺は何百人もみてきたよ。シャブはよう、頭が冴えるとか言うけど、そんなのは一瞬でね、結果的には人を卑しくさせる薬だ。だから一人ぼっちになっちまうんだな……ほら、オウムの連中もシャブ作ってさばいてたろ？　あいつらみんな卑しい感じがしたじゃないか——あれシャブのせいだよ。ああいうふうになっちまうんだよ」

Sさんは十分にキマってきたせいか、饒舌になっていた。喋るのが愉快でたまらない様子だ。私の方はそのお喋りを聞くのが、たまらなく愉快だった。Sさんは新たに巻いたジョイントに火をつけ、美味そうに一服してからこう言った。

「川端康成って、知ってるだろ？」

「ええ。もちろん」

「あのじいさんのとこに俺、シャブ届けたことあるぜ」

「ええ？　嘘でしょ」

「本当だよ。逗子マリーナだろ？　戸口のとこまで行ったら、直接本人が出てきたよ。もう目がキマってたね。物も言わねえで受け取って、金も別んとこから入ってきたみてえだけど、俺はまだ若造だったからよ、詳しいことは何も知らねえ。ただ届けただけだ。量は大したことなかったと思うけど……あのじいさんもやっぱり卑しくなって、一人ぼっちになって、ガス管咥《くわ》えて死んじまっただろう？　ノーベル賞だろうが何だろうが、シャブ中の最後はみんな同じさ」

この話に私は度肝を抜かれた。戦中戦後の無頼派と呼ばれた作家たち、太宰や安吾や織田作がヒロポンを常用していたという話は聞いたことがあったが、川端康成は初耳だった。むろん真偽のほどは明らかではないし、作り話だと疑ってかかるのが普通だろう。けれどSさんの話しぶりには、妙に軽い世間話をするようなところがあって、企んだ嘘の気配がまったく感じられなかった。

「君、幾つだ？」

Sさんは唐突に話題を変えて、そう訊いてきた。四十です、と答えると、ふうんとつまらなそうに鼻を鳴らし、

「刑務所、入ったことある？」

といきなり尋ねてきた。

「ないですよ」

私は泡をくって答えた。その答えぶりがよほど可笑しかったと見えて、Sさんは爆笑した。

「ないか、そうか。まだまだ修行が足りねえな……俺は三回入ったよ。三回めは日本の刑務所だけど、もう最悪。日本の刑務所は入るもんじゃねえよ。融通きかねえし、冗談通じねえし、屁もできねえや。看守も、入ってる奴も、みんな真面目でよう。嫌んなっちまう。看守が真面目なのはしょうがねえよ、仕事なんだから。けど入れられてる犯罪者が真面目ってのは、どういうことなんだろうね。あれ、やっぱ日本人の国民性ってやつかな？」

「日本以外の刑務所も入ったんですか？」

「おう。最初に入ったのはニューヨークでな。ダチ公と一緒に遊びに行ったんだけど、街のチンピラに絡まれて、半殺しにしちまったんだ。ダチ公は上手く逃げたんだけど、俺はお縄よ。拳銃突きつけられて『ホールドアップ！』だもんな。観念するしかしょうがねえよ。ポケットの中のクラックを捨てる暇もなかったね。で、留置場に入れられてね。出たけりゃ保釈金二千ドル払えって言いやがるんだ。二千ドルっつったら当時六十万、七十万くらいか。『そんなもん払えるかバカヤロー！』って机ぶっ叩いたら即、刑務所行き決定。あれよあれよという間に手錠かけられて護送車に乗せられて、どこへしょっぴかれるんだかわけ分からねえから、もうドッキドキだよ。『ゲラゥ！』とか言われて出てみたら、ライカーズ島だよ」

「ライカーズ島って、島ですか？」

「たまげたよ。いきなりイーストリバーの中だからね。鉄格子の房が四階だか五階建てで、両側に並んでてよう、どいつもこいつもぎゃあぎゃあ喚《わめ》いてて……映画みたいだったぜ」

「ビビりますね、それは」

「ビビったよ。ビビったけど、それは最初だけでね。しょうがねえやって、一旦肚据えたら、平気になっちまった。何しろこっちは言葉、分かんねえだろ。汚ねえ英語でいくら凄まれても、何言ってんだか分かんねえから『あー？』とか答えるしかないわけよ。そうすっと向こうで勝手に『あのジャパニーズは何だか分かんねえけど只者じゃねえみてえだ』なあんてことになったみたいでな。ま、ちょっかい出して来る奴もいねえわけじゃなかったけど、俺、強いから」

「ああ、空手ね」

「うん。カラテボーイとか呼ばれて、みんな一目おいてくれたよ。それに運もよかったんだなあ……同じ房に入ってたロイって野郎が、やたら気のいいジャンキーでね。俺がヤクキメて喧嘩してとっ捕まったんだって説明したら、『オー、マイ・ブラザー』とか言って抱きついてきやがんの。シャバにいる間にけっこう稼いでたらしくて、コークでもヘロでも何でも持ってて、気前よくわけてくれたね」

「刑務所の中で、ですか?」

「そうよ。ネタ元は最後まで明かさなかったけど、何でも持ってたし、切らしたこともなかったな。お前は何が一番好きなんだって訊くから、マリファナだよって答えたら、大笑いされたよ。お前はスクール・ボーイか、ってね」

「それで、どれくらい入ってたんですか?」

「んー、二十日くらいかな。一緒に行ったダチ公が、必死で保釈金かき集めてくれてな。ロイのおかげで毎日キマってたし、面白えから、俺としちゃあもっと入っててもよかったんだけどな。出してやるって言われちゃ、断るわけにもいかねえだろ」

「へえ……すごい話ですねえ。漫画みたいだ。もう一回っていうのは、どこです?やっぱりアメリカで?」

「いや、ネパール」

「ネパール？　そりゃまた一気に……」

「カトマンズでな。そん時ぁ女房連れで、まあ新婚旅行みたいなもんで行って、ついでにちょっとした取引もあってな。やけにトントン拍子に事が進むなあって思ってたら、罠だったよ。地元のヤクザ者にまんまとハメられて、速攻で刑務所行き。これがまた小汚えブタ箱でね、猿でも脱獄できそうなくらいユルユルなんだ」

「え、じゃあ逃げたんですか？」

「それが、そうもいかねえんだよ。パスポート人質に取られてるから、どうにも動けねえ。でもな、ブタ箱は小汚えんだけど、居心地は悪くねえんだな。ネパールって、ヒンズー教だろ。で、ヒンズー教にはカースト制度ってのがあるんだ」

「ああ、聞いたことあります。あれ、キツいんですか？」

「キツいっていうか、生まれた時からもう階級が決まってて、孫子の代まで永遠に変わらないんだよ。そんでさ、俺たちの感覚じゃ到底理解できねえけど、ブタ箱に入ってる罪人よりも下のカーストっていうのがいるんだよ。下層も下層、最下層で、ほとんど動物扱いでよ。そういう奴が、罪人一人につき一人ずつ、召使としてついてくれるんだ。嘘みてえだろ」

「召使って……何するんですか？」

「だから、何もかもやってくれるのよ。飯の用意も片付けも掃除も、躯拭いてくれたりよ。ハシタ金渡してキメ買ってこいって言ったら、牛の糞くらいのドでかいハシシ持ってきやがって……これがまたやけに上物で、すげえキマるんだなあ。おかげで俺ァずうっと飛んでたよ。あの召使、まだ子供みたいな奴だったけど、何ていう名前だったかなあ……ヤヌシュ……いや、名前なかったかもしれねえな。ノープロブレムが口癖で、俺が何言ってもにこにこして『ノープロブレム』でやってくれんの。可愛い奴だったよ」

「それ、本当に刑務所なんですか？」

「そうだよな。そう思うよな。あのユルさ……刑務所入るんなら、ネパール最高だぜ。ただな……」

Sさんはやや大袈裟に困惑の表情を呈して続けた。

「女房が面会に来てよ、牢から出る時に足首によう、鎖の先にでっかい鉄の球がついてる奴をつけられるんだ」

「鉄の球?」

「こんな、メロンくらいの鉄の球だよ。あれはまいったね。ベン・ハーじゃねえんだからよう、これがまた重てえんだ。うっとうしいから両手で抱えて面会室まで行って、台の上にドスンと載せて、女房に『おう、どうだ? 元気か?』って言ったら、呆れてたよ。あの鉄の球さえなけりゃ、ネパール最高。間違いなし」

Sさんと私は声を合わせて大笑いした。一旦笑い出すと、これがなかなか止まらない。

「おっと、盛り上がってますねえ。何の話です?」

襖が開いて、IとNが戻ってきた。二碗ずつ、お茶の入った湯呑みを手にしている。しかし二人とも、出ていった時とは明らかに違う顔つきをしていた。きりっとして、どこか鋭角的な顔だ。特にその目は、川端康成のそれにそっくりだった。私とSさんは目を合わせ、同じ思いを抱いてくすくす笑った。

「何すか? 何すか?」

Iは不思議そうな顔で、私とSさんを交互に見た。

「何でもねえよ。お前らは馬鹿だって話だ」

Sさんはそう言って、お茶を一口飲み、

「お、こいつは美味えな。お前にしちゃ上出来だ」

「でしょう？　おれ研究したんすよ。『美味しいお茶のいれかた』って本買って。それに水がいいから。長瀞だから」

Iは嬉しそうに、はしゃいだ声で言った。確かにそのお茶はすこぶる美味かった。

Nは元いた私の隣に腰掛け、お茶を飲むのもそこそこに、目をぎらぎらさせて、

「さっき話した時間と情緒の関係についてなんだけど、おれは今、すごい発見をしたよ。これは、すごく単純なことなんだ。単純すぎて人間には分からない仕組みなんだ」

と猛烈な勢いで喋り出した。そこにはいつものNの美しいインスピレーションはなく、遊びのないハンドルでスポーツカーを駆っているような危うさが感じられた。私は以前読んだ広津和郎の文章をふと思い出した。狂いかけた親友、宇野浩二のことを語る中で「発見とか発明、などと言い出したら、これはいよいよ危ない兆候だ」という一文が、脳裏をよぎったのだ。

「ヒントはな、光だよ。光と水、この二つが時間のヒントなんだよ。それを発見し

たんだよ」

「まあまあ、N君落ち着け。ヨレてるぞ」

Sさんが Nのお喋りを制して言った。

「え？　おれヨレてます？　ヨレてるかなおれ？」

「どっちでもいいから、ま、お茶飲めや」

Nは恐縮して湯呑みに手を伸ばし、お茶を飲んだ。そして「やっぱり水がヒントなんだな」と呟くと、難しい顔をして考え込んだ。光速で回転する頭の中がヨレそうになるのを必死で堪《こら》えている——そんな感じだった。ヨレる、というのは、キマりすぎてコントロールがきかなくなる状態のことだ。分かりやすく言うと、それは酒で悪酔いした時の状態に似ている。人は、酔うために酒を飲む。しかしその時の心理状態や環境や酒の種類や量など、さまざまな要因が関係して度を越し、悪酔いしてしまう。麻薬もまったく同じだ。特に違う種類のものをちゃんぽんにするのがいけない。アッパー系とダウナー系を混ぜたりすると、ヨレた精神は行き場を失い、大暴走してしまうこともある。そうならないように一番必要なのは安心感で、一番不必要なのは罪悪感だ。だからキメる時には、Sさんみたいな熟練の飛ばし屋（ナビゲーター）がいてくれるのがありがたい。

「I、お茶もう一杯」

Sさんが言うと、Iは「はい！」と威勢よく答えて、部屋を後にした。入れ替わりにIの飼っているパグ犬が、尾を振りながらちょこちょこ現れた。この犬は主人と同じく色んなものの中毒で、中でもお気に入りは百円ライターのガスだ。この時も部屋へ入ってくるなり、そのへんに転がっている百円ライターを前脚で挟み、金属部分をガリガリ齧《かじ》ってはガスを吸い込んでいる。おかげで室内にある百円ライターは、まともに使えるものが一つもない始末だ。

「何だいこの犬は？」

Sさんは気味悪そうに訊いた。

「ガス中毒みたいですよ」

「へえ。主人に似て、意地汚え野郎だな。あ！　それ、俺のライターじゃねえか！　このヤロ！」

Sさんはパグ犬の頭をひっぱたいたが、逃げようともしない。四肢を伸ばして腹を見せ、左右にくねくねと身動《みじろ》ぎをする。まるで、もっといじめてくれと懇願するかのようだ。子犬の頃からIによって、とんでもない可愛がられ方をされてきたせいで、今やちょっとしたマゾっ気が芽生えているらしい。

「Sさん……」

しばらく黙って考え込んでいたNが、ふと口を開いた。

「Iから聞いたんですけど、阿片窟に行ったことがあるんですって？」

「ああ、あるよ」

「日本ですか？」

「いや、タイだ。バンコクだよ」

「そういうのって、何か向こうにコネがあって、紹介されて行ったんですか？」

「いんや。そん時は家族旅行で遊びにいっただけだから、飲みにいってよう、テキトーに見つけたんだ」

「テキトーって……一体どうやって？　何かこう、コツでもあるんですか？」

「コツっていってもなあ……まあ、一番簡単なのは『地球の歩き方』とか、ガイドブックあるじゃん？　あれ読むとさあ、観光客はここだけは行ってはいけませんって載ってる場所、あるだろ？　まずそこへ行くんだよ。そいでしばらく街を流すわけ。

そういう場所ってのは、たいてい境界線上にあるんだな」

「境界線って？」

「んー、だから繁華街とオフィス街の境界線とか、商店街と住宅地の境界線とかよ。とにかく何かと何かの入り混じったボーダーライン上のグレー・ゾーンだな。ヤバイ商売やってる奴は、たいていそういう場所にいる。世界中どこの街でもそうだよ。そういう所を三十分も流してるとよう、『あ、こいつだ』って奴と目が合うんだ。ピンとくるんだな。向こうも同じさ。あとは近づいていって、煙草を勧めて、どこからきたんだとか、今夜は暑いなとか世間話をしながら『ホワット・ドゥ・ユー・ハブ？』とか訊くわけ。バンコクの繁華街の外れに立ってたそいつは、『エブリシング』と答えて歩き出したね。尾行がねえかどうか、相当気にしてるみたいでな、一時間くらい連れ回されて、俺はこりゃ殺《や》られるんじゃねえかと思ってビビったね。その間、二、三軒の飲み屋や安ホテルに立ち寄ったんだけど、俺がやりてえのは阿片だ、オピウムだっていうと、別の所を紹介しやがるんだ。たらい回しよ。そんで、真夜中すぎかなあ、やっと辿り着いたのが中華料理屋だった」

Sさんはジョイントを一服して、それをNに回し、遠い目をして続けた。

「店の奥に隠し扉があってな、それを開くと二階に通じる階段があって、個室が三部屋くらいあったかな。何の飾りもねえ、窓もねえ部屋でな、キングサイズのベッドが置いてあるだけだ。ただ防音だけはしっかりしてて、何の音もしねえんだ。阿片てやつはよ、麻薬の中でも最も我がままで繊細なものだって聞いていたけど、やってみてそれがよく分かったよ。音がうるさかったり、よけいなものが目についたり、雨で湿度が高かったりすると、もう機嫌をそこねちまって、うまくキマらねえんだ。俺はもう肚をくくって、ベッドの上に大の字になって寝てたよ。十五分くらい待たされたかな……ようやく中国人の阿片爺いがやってきた」

「阿片爺い？　そんな奴がいるんですか？」

「いるんだよ。専門家だ。ナビゲーターよ。変な形の水パイプ持ってきてよ、枕元に置いて、吸引口のガラス管を俺に咥えさせて、火皿の上の黒い阿片の塊に火をつけるんだ。がっついて吸おうとすると、『スロウリィ、スロウリィ』『イート、スモーク』って言うんだ。ゆっくりだ、煙を食うように吸えってさ。俺は言われた通りにしたよ。何服吸ったかは覚えてねえ。気がついたら阿片爺いは姿を消してて、俺はベッドの上に横たわっていた。あの感じ……」

私もNも息を詰めて、Sさんを見つめていた。その時の印象を懸命に思い出そうとしているのが分かる。

「……静かなんだ。とてつもなく静かで、澄み渡ってるんだ。時間が消え失せて、世界は静止して、俺と世界との区別がつかなくなる。俺はすべてであって、すべては俺なんだよ――それは完璧に満たされたという快感だ。そういう時間が果てしなく続く……で、何時間たったのか分からねえけど、ちょいと喉が渇いたなと思って、ひょいと枕元を見ると、冷たい水の入ったグラスが置いてあるんだ。これがまた美味えんだな。ごくごく飲んでると、そこへまた阿片爺いがやってきて『イート、スモーク』だよ。そしたらまた静かな、完璧な時間が訪れて、目を開けたまま気絶だ。そうすっと今度は、ああ、フルーツか何か食いてえなって思って、枕元を見ると山盛りにしたフルーツが置いてあるんだ。がっついてると、そこへまた阿片爺いが登場」

「イート、スモークですね」

「そういうこと。で、また完璧な時間が果てしなく続いて、今度は、ああ女が欲しいなって思うわけ。そしたらどんピシャのタイミングで、いい女が阿片爺いと一緒に現れるんだな。で、二人でスモークをイートしてからおっ始めるんだが……これがなあ、何つうか……説明するのも馬鹿ばかしいや」

「いいんですか?」

「野暮なこと訊くねえ。いいとか悪いとか、そういうレベルの話じゃねえよ。何しろ時間が止まってて、俺と女との区別がつかねえんだからな。女はイキっぱなし。こっちはなかなかいかねえんだけど、一旦射精したら、二時間くらい精子がどくどく出っぱなし。果てしなく気持いいんだな……」

聞いているうちに、私は下半身がむずむずし始めた。Nも同様だったらしく、私たちはソファの上で尻をもぞもぞさせ、肘でつつき合いながら、くすくす笑った。

「でもなあ……驚いたのはその後よ」

Sさんはパグ犬に平手打ちを食らわせて奪い返したライターで、煙草に火をつけた。

「俺は一晩、遊んだつもりだった。ところがよ、表へ出てみたら、三日もたってやがんの。女房は心配して、捜索願い出してるしよう。実際たまげたぜ」

外は暮れ始めていた。Nが気をきかせて立ち上がり、部屋の電灯をつけた。同時に玄関のチャイムが鳴り、誰かが訪ねてきた。それを無視して、Sさんは続けて言った。

「だけどよう、もっと驚いたのはさらにその後だ。帰りの飛行機の中でよう、すげえんだ……ヤク切れの、離脱症状っていうの？　もう欲しくて欲しくて、全身の細胞が欲しがるんだよ。阿片くれえーって、肉体が叫ぶんだ。がたがた震えて、脂汗だらだら流れて、俺、座席にしがみついて耐えたけど……あんなのは初めてだったよ。それが日本についてからも、三日も四日も続くんだ。キツいぜ、阿片のヌケはよう。三日で中毒になっちまうんだからな……阿片で戦争起きるわけだよ。人を殺してでも手に入れてキメたくなるもんなあ。洒落にならないぜあれは」

そこへ襖が開いて、Ｉと二人の中年男が現れた。二人とも初顔だったが、Ｎが手にしていたジョイントに目を留めると、ぱっと顔色をあからめた。一人が吸い寄せられるように前へ出ようとするのを、Ｓさんが鋭く「だめだ！」と止めた。

「キメるのは後だ。おめえらパスポートは持ってきたか？」

「はい」

「じゃ、あっちの部屋で話そう」

Ｓさんは立ち上がり、二人を連れて部屋を出ていった。お茶を手にしたＩが、私とＮに目配せをして、

「作戦会議、作戦会議」

と言い残して、後に続いた。部屋には私とNとパグ犬が残された。つむじ風が一瞬、室内に吹き込んできたかと思う間もなく、去っていったような感じだった。

「何だい作戦会議って?」

私が尋ねると、Nは最初「さあ……」と惚けようとしたが、何しろキマってヨレかけてるものだから、口が止まらない。

「よくは知らないけど来月、アムステルダムへ行くらしいよ。買いつけだって」

「何を?」

「キメだろう。三人で行って、ブツはあの二人に運ばせるつもりらしい。Sさんが運んだらヤバすぎるからな」

「あの二人は何者だ?」

「ちびの方は元タクシー運転手で、背の高い方は元ラーメン屋。おまえ会ったことあるだろ? あの環七沿いのラーメン屋、一緒に行ったことあるじゃん」

「ああ、あのラーメン屋か。去年だっけ? 結構美味かったのに、やめちゃったのか?」

「キメすぎだよ。キメると、ほら、何でも美味しく感じるようになるじゃん。だから味、分からなくなって、お客さん来なくなったみたい。運ちゃんの方もそうだよ。キメながらお客さん乗せて、一方通行逆走して、クビになったって話だ」

「どうしようもねえな……そんな奴らで大丈夫なのかな」

「二人ともマエがないから、パクられても執行猶予つくし。どうせ独り者のろくでなしだからな」

「おまえがそれを言うかね」

「へへへ……実はおれもアムステルダムなら行きたいって、手を上げたんだけどさ」

「止《や》めとけよ、馬鹿だな」

「ダメだってさ。おまえはアムスでキメたらもう帰ってこないタイプだって言われちゃった」

「すげえなSさん。お見通しじゃないか」

「そうなんだよ。まいったよ」

Nは苦笑いを浮かべながら、吸い終わったジョイントの吸口を長火鉢の灰の中に突き立てた。

奥の間での作戦会議は、なかなか終わりそうもなかった。

私は、一山当てたらスペインに移住するというSさんの話を思い出していた。その傍らでは、パグ犬がまた百円ライターをがりがり齧っては、恍惚としていた。

「まったく、どうしようもねえなあ」

Nは呟いたが、それはパグ犬に対してとも、自嘲とも、私たち全員に対してとも取れるような口ぶりだった。

翌月、パグ犬はあっさり死んだ。朝起きてみたら、長火鉢の脇で百円ライターを咥えたまま、冷たくなっていたという。Nからその報せを受けた私は、別段心を動かされることもなかった。「まったく、どうしようもねえなあ」と思っただけだ。仕事も忙しかったし、家の中もごちゃごちゃ揉めている時期だったので、三日ほど経ってから、中野のIの家を訪れた。玄関のチャイムを鳴らすと、応対に出てきたのはIの内縁の女房、フィリピーナのRだった。彼女はフィリピン・パブでホステスをやっていたせいか、客あしらいが上手く、たった今咲いた花のような笑顔の持ち主だった。

「イラッシャーイ！」

明るく迎えられて、私は少々どぎまぎしながら「やあ」と軽く挨拶した。

「Iは？」

「マクドナルド行ッテルヨ。誰カト会ッテル。ハイッテ。Nサン中ニイルヨ」

「そうか。じゃ、お邪魔するよ」

「邪魔ジャナイヨ」

Rは笑って、私を招き入れた。玄関脇の例の六畳間に、人気《ひとけ》はなかった。この間作戦会議が催された奥の間への襖を開けると、Nはそこにいた。寝転がって、煙草を吹かしている。突き当りの床の間には、Nが黒一色で描いたパグの肖像画が画鋲で貼ってあり、名も知らぬ紫色の花が一輪、白い徳利に挿してあった。見ると、徳利の周りには、色とりどりの真新しい百円ライターが供えてあった。

「よう、久しぶり」

と声をかけると、Nは気だるそうに振り向いて、力なく笑った。飛び道具が切れて、ヌケの時期にあるらしい。私はつとめて明るい声で話しかけた。

「ガス自殺っていうのは、犬にしちゃあ、ギネスブックものじゃないのか」

「ああ、そうだな……」

Nはだるそうに答え、まだ長い煙草をもみ消した。

「でも、それどころじゃないみたいだぜ」

「何が？　どうかしたのか？」

「Sさんが帰ってこないみたいなんだよ」

「ええ！　どうして？」

「本当は昨日な、帰ってくる予定だったんだ。それが、あの二人だけ帰ってきて、Sさんは飛行機に乗ってなかったんだって。Iの奴、血相変えて出ていってさ、今頃駅前のマックで二人と会ってるよ。麻トリに泳がされてるかもしれないから、ここへは来るなって言って、すごい剣幕だったよ」

「そりゃまた、何て言うか……」

と言ったきり、私は言葉が続かなかった。Nの隣の座布団に腰をおろし、煙草に火をつける。

その煙草を吸い終わったところへ、玄関で物音がして、Iが帰ってきた。いつになく険しい表情で襖を開けたが、私と目が合うと、いつものにやにや笑いを浮かべて、

「あ、いらっしゃい」

と挨拶して、私の向かいに腰をおろした。ポケットから薄い紙包を取り出し、長机

の上に放り出す。

「どうだった？」

Nが身を起こして尋ねると、Ｉは苛立たしげに答えた。

「どうもこうも……わけ分かりませんや」

言いながら紙包を逆さにすると、中からゴッホの絵葉書セットとビニールパッケージに入った少量の大麻が出てきた。Ｉは長机の隠し引き出しからパイプを取り出し、パッケージを開けて中身を手早く詰め出した。絵葉書の方には目もくれない。

「お土産だそうですよ。はい、駆けつけ一服」

パイプを私に差し出し、Nには絵葉書を押しやって、

「はい、Nさんはこっち」

笑いながら床の間に供えたパグ犬の百円ライターを一つ手に取り、放ってよこす。

私は火をつけて一服キメると、すぐにパイプをNに回してやった。

「で、Sさんはどうなったんだって？」

「失踪すよ」

「失踪って……いつから？」

「向こうへ着いて、初日から買いつけに行ってくるって、金持っていなくなっちゃったんですって。連中、五泊七日の普通のツアーで行きましたからね。二人はガイドにくっついて、あっち行ったりこっち行ったりして、夜は街の喫茶店へ行ってキメてたみたいすよ。すごいですねえ、アムス！　普通に喫茶店で、コーヒーみたいにしてキメ売ってるんですってね。ところで何すか、その絵は？」

「ゴッホだよ」

「高いんすか？　それ？」

Nは答えずに、一枚一枚じっくりと絵を見ている。有名な「星月夜」で手が止まり、動かなくなる。私の目もその絵に吸い寄せられて、まばたきもできなくなった。月の周囲に描かれた色彩の渦の中に、ぐるぐると巻き込まれそうになる。Nがひゃあーっと悲鳴を上げ、

「キマってるう！　ゴッホ最高！」

と言って、仰向けにぶっ倒れた。Iはそれを見て、ふんと鼻を鳴らし、パイプに新しいキメを詰めなおした。

「じゃあ、Sさんは初日にいなくなって、そのままかよ？」

「そうなんすよ。二人とも最後まで粘って、残ろうか帰ろうか迷ったらしいんすけど……何せ初の海外旅行で、初のヤバイ仕事でしょう？　ビビっちゃって、他のツアー客と一緒に帰ってきちゃったんですよ。で、これ。アムスの喫茶店で買ったキメの残りだとかぬかしやがって……絶対嘘ですよ。もっと持って帰ってきてるはずなんだ。Nさん、今夜奴らのヤサに追い込みかけましょう！　絶対出てくるはずだから。あいつら惚けやがって」

「嫌だよおれは。おまえ一人で行けよ」

「あ、そういうこと言うかなあ、居候の立場で」

私は漫才みたいな二人のやりとりを聞き流しながら、床の間に目をやった。Nの描いたパグ犬の絵が「まったく、どうしようもねえなあ」と、私たちをせせら笑っているように見えた。

年が明けて間もなく、Nは何も言わずにIの家を出て、どこかへ流れていってしまった。大阪の天王寺で土建屋をやっている親父さんの元に身をよせた、という風の噂が後から伝わってきた。

Nの不在を機にして、私とIとの悪縁も立ち消えになった。大分後になってから、やはりこれも風の噂で、Iは別荘荒らしだか空き巣だかをはたらいて、刑務所に入っているという話を聞いた。内縁の女房のRは、とっくの昔に見切りをつけて、本国ソイリピンに帰ったとも聞いた。当然と言えば当然の話である。

そしてSさんは、アムステルダムで消息を断ったまま、二度と私たちの前に姿を現さなかった。死んだとも捕まったとも廃人になったとも、風の噂ひとつ流れてこないまま、消えてしまった。

○

晴天の木曜日。

私は自転車を漕いで、目白通りをゆっくり走っていた。

自転車の名前は〈走れカタナオ八五号〉という。これは二年前、八十五歳になる父親が私のために買ってくれた中古自転車だった。二年前というのは、大震災の年だ。震災の前日、つまり三月十日に、父は杖をつきながら飯田橋の馴染みの自転車屋まで歩いていって、一万円でこれを購入してくれたのだ。翌日の震災で、店頭の自転車はすべて売り切れてしまったが、この一台だけは取っておいて、後日私に引き渡してくれたものだった。いわば幸運の自転車と言えよう。

震災の年の一月、私は家族と別れて、一人暮らしをすることになった。理由は私がろくでなしになってしまったからだ。碌でなし、つまりまったく稼がなくなったのだ。丸二年間、私は一銭も家に金を入れず、無為な日々を過ごした。それでも最初の一年は、自分でも何とかしなければという思いがあって、鬱の隙間を見つけては原稿用紙に向かったが、腑抜けのようなものしか書けなかった。五枚とか八枚の短い依頼原稿もまともに書けず、あちこちに不義理をしてしまった。私はやけを起こして原稿用紙に向かわなくなり、ふて寝を決め込んだ。あとの一年は、ほとんど横になって過ごしたと言っていい。この時期の私を指して女房は「濡れ雑巾みたい」と呼んだが、言い得て妙だ。布団あるいはソファの上にごろんと横になっている生湿りの雑巾——どこからか大きな手が現れて、自分を洗い、ぎゅっと絞って、日向に干してくれないかな、などと夢想しながらテレビのワイドショーを眺めている。そんな図体ばかり大きな古雑巾がねじけて転がっていると、家の中も段々と陰湿になってくる。鬱は伝染するのだ。働きに出ていた女房と娘も、大学に通っていた息子も、外ではどうなのか知らないけど、家の中ではすっかり口数がすくなくなった。横になっている私からは目を背け、そこにいない者のように扱うようになった。湿った家内の空気は重ったるく、粘り気をおびていて、不健全だった。

「これはもう一緒に暮らさない方がいいと思う」

ある晩、私が思い切って打ち明けると、

「私もそう思う」

と女房も同意した。だからといって、あなたを見棄てるわけじゃないのよ、ということを彼女はしきりに強調した。その気持はよく分かった。というのも、私もまったく同じ思いだったからだ。

私はインターネットで一人暮らしの部屋探しを始めた。狭くてもいいし、風呂なしでもいい。とにかく四万円前後の家賃で、土地勘のある早稲田近辺——というのは、老父母の暮らす高齢者住宅が神保町にあったので、そこから通える範囲がありがたかったのだ。みっともない話だが、私は老父母を頼らなければ生活していく術《すべ》がなかったのだ。そんな都合のいい部屋が見つかるものか、と自分でも半ば呆れながら探したところ、ほどなくこれが見つかったのである。

家賃四万円、敷金一ヶ月、礼金なし。六畳一間に三畳ほどのキッチン、水洗トイレ付き。最寄り駅は江戸川橋もしくは神楽坂で、神保町の老父母宅から歩いても四十分。神田川にかかった石切橋のたもとにあるそば屋の四階に、その部屋はあった。

一目見て、私はこの部屋が気に入った。角部屋で、東と南の壁に素通しのガラス・サッシが切ってあり、やたらと日当たりがよい。室内の間取りと設備は、私が学生時代に西早稲田で借りていたK荘の部屋とほとんど同じだった。何しろ和式水洗トイレの水を流すのに、チェーン状の紐を引っ張る方式である点までもが同じだった。

南側のサッシを開けて、ねずみの額ほどのベランダに出ると、目の前を神田川、その上に首都高速の池袋線の道路が見える。神田川に沿っては、目白通りが走っている。右手に石切橋が見下ろせる。大都会の真ん中の風情としては、これは上等なのではなかろうか。それに、一階のそば屋が大家さんで、このそば屋がまた昭和のうまいそばを食べさせてくれるのだ。カツ丼も昭和のカツ丼で、がっつり美味いのをだしてくれるのだから堪《たま》らない。私は、この部屋に魅せられた。

自分では気付かなかったけど、この時に私は躁転していたらしい。望外に思い通りの部屋が見つかって、ハイになっていたのだ。

「この昭和そのものみたいな部屋で、もう一度二十代の頃のように、一からやり直せるチャンスだ」と思ったのである。私は和机一脚、座布団一枚、筆一本から始めた——これは五十一歳の私にとって、ひさびさに胸躍る体験であった。

私は契約がまとまって、鍵を渡された日から、川崎の家族と暮らした一軒家の書斎から、

「これだけは!」

と思える身の周りの小物大物を吟味して、少しずつ自家用車のワゴンで運び始めた。まだ買ったばかりだったスタンドとボーズのデジタルアンプと極小スピーカーカーセットとか、友人のHが香港だか重慶だかで買って贈ってくれた灰皿とか、そういったたぐいのものを何もない部屋に運び込んで、一人でにやにやしたりしていた。

〈書生庵〉と名付けよう。

私はひそかにそう心に決めた。この時、私はまさに書いて生きる——書生のつもりで書こうと思っていたのだから。

二月の半ばから三月はじめにかけて——例年、寒いこの時期は頭の調子が上がらず

に苦しんでいるのだが、この時は違った。私は明るい、新鮮な気分で、二十五年ぶりの一人暮らしを始めた。二十五年前と同じく、一文なしだったが、未来は明るいと信じて疑わなかった。

それがいきなり大震災、である。

三月十一日、午後二時前に、私は遅い昼食をとるために、一階のそば屋に下りていった。この築五十年の鉄筋アパートの大家さんでもあるのだが、本業の方も建物同様いやそれ以上に年季が入っている。店の雰囲気も味も、まさに「昭和のそば屋」なのである。味にうるさい俳優のOさんも、

「これは……めんつゆが美味い。たれが美味しいんだな」

と評していたが、まったくその通り。めんつゆが美味いということは、すべての料理のベースが美味いということだ。カレーうどんも、カツ丼も、すごく美味い。いつもは穴子で、季節になると鱧《はも》の天ぷらが絶品だった。めんつゆ仕込みの旨い天つゆに大根おろしをたっぷり入れて、そこへ揚たての鱧の天ぷらを浸して食らうのは、ちょっとした快楽だと言っていい。

三月十一日、二時。私は確かカレーそばを注文し、その熱さに難儀して、そば屋の

若大将と世間話をしながら、ようやくのことで食べ終えた。二時四十分くらいだったと思う。私は満腹を抱えて四階までの階段を昇って自分の部屋に戻り、一枚しかない座布団に座って、煙草に火をつけた。その直後である。

「ぐわっさ……」

大きく横に、ゆっくり揺れた。その揺らぎかた、揺らぎ幅の大きさは、後にくる激しい震動を予感させた。息を詰め、身を固くしていると、容赦のない次の激震がきた。この野性的な揺れは、私をほぼ思考停止状態に陥らせた。大きく南北に揺れた時、私はベランダの方に向かってよろめいた。

「出口の確保！」

ということが頭にひらめいた。大地震の時、たいていの建物はひしゃげてしまうから、ドアや窓が開かなくなることも多い――火元を確認したら、次は逃げ口の確保が必要だと、何かの番組で見た記憶があった。だから南側のサッシを全開にした。目についたのは、首都高池袋線の橋脚と道路だ。地震の揺れのせいで、路面がだるんだるんと波打っているのが見えた。

「あ！」

次の大きな揺れで、私はベランダから外へ放り出されそうになった。踏みとどまって、じりじりと後ずさり、六畳間の東北の角まで退き、三段の低い本棚に並んでいた小林秀雄全集を必死でおさえていた。それを崩すまいと集中することによって、恐怖の軽減をはかっていたのだろう。怖かった。なすすべはなかった。地震対策だの何だのと言っていられるうちはまだ幸せで、本当に大きな揺れがきた時、私たちはどう対処したろう？　私の場合は「対処しなかった」もしくは「対処できなかった」というのが正直なところだ。私は部屋の隅に気構えて立っていたつもりだが、両足がわなわな震えるのを抑えられなかった。

ようやく揺れがおさまってくるのを見計らって、私は携帯で神保町の老父母に連絡した。相手が固定電話だったのが幸いしてか、これはすぐにつながった。食器が何枚か割れたけど、二人とも無事だ、という。もうすぐ八十になるおふくろが、興奮した口調で言う。

「パパったらねえ、早く机の下に入れ！　って言いながら、自分じゃお尻からそうっと机の下に入ってってね、頭丸出しなのよ。それじゃあ、逆じゃないのって言ってるうちに、おさまったから」

「わかった。外へ出たらだめだよ。おれ、しばらく様子みたら、歩いて帰るから」

電話を切ると今度は女房子供たちにメールを送った。これはなかなか安否の確認が取れず、夕方、娘の所在が確認できた時は、心底ほっとした。

越したばかりでテレビもラジオもない私は、落ち着きなく一階のそば屋のテレビの前と、自分の部屋とを行ったり来たりしていた。

夕方、街ぜんたいが騒然としていた。見ると、首都高池袋線も目白通りも渋滞していて、歩道には、西へ向かう人の群れがあった。その人の流れに逆らって、神保町つまり東に向かって歩き出した。途中、水を買おうと思って、コンビニに寄ろうとしたところ、あまりの混雑ぶりに入店をあきらめた。そしてまた別のコンビニは、何もかも売りつくして、店内の棚になにもない、という状態だった。空っぽのコンビニなんて、悪い冗談みたいだった。

この時、神田川に沿って神保町まで歩いた私は、めったに見られないものを目撃した。川面の様子が何か変だな、と思って目を凝らしてみたところ、神田川が逆流していたのである。小規模だけれど、津波が東京湾にも押し寄せて、川の流れを押し返したのだ。通常は西から東へ流れる川が、東から西へ流れるのを私は見た。アマゾンでは、こういうのをポロロッカと呼ぶそうだが。

エレベーターが止まっていて、十二階まで階段で昇らなければならなかったせいもあり、くたくたに疲れた状態で老父母宅に帰りついた後のことは、あまりよく覚えていない。ずうっとテレビをつけていたために、時間の感覚が少しおかしくなっていたのかもしれない。いずれにしても一番最初に衝撃を受けたのは、ヘリから撮った津波の映像である。まるで「風の谷のナウシカ」の王蟲《オーム》の大群が群がるようにして、人を車を家を、大地を次々に飲み込んでいく映像に、私は戦慄した。

余震もたびたびあったし、翌日からは福島の原発のことまで心配しなければならなくなった。何をやっていても手につかず、気持のどこかに常に緊張状態が続いた。

「次、くるんじゃないか。次のやつが……」

と気構えているところへ携帯の緊急地震速報が鳴り出し、ややあってから大きめの余震がきたりすると、私は恐怖の鎧に身を固くして、揺れをやり過ごすしかなかった。

震災の日からの数ヶ月間――私はつねに心のどこかを強《こわ》ばらせたまま過ごした。似たような思いで過ごされた人は、少なくないと思う。この怯えに似た緊張感は、その後も一ヶ月、二ヶ月、三ヶ月と続いた。半年経って、十月になってもなお、私はどこか怯えて暮らしていたように思う。二〇一一年というのは、そういう年だったのだ。

五十一歳からの一人暮らしに興奮して、前のめりになっていた私は、いきなり震災に見舞われて、早くも前途多難の趣を呈してきた。この半年、何も書かなかったし、ろくな本も読まずにいた。全然、そういう気分になれなかったのだ。何が書いてあっても、それは下らないことに思えて読む気になれない。私はおそらく鬱にもやられていたのだと思う。この時の考え方はすべて否定的だった。つまらない、下らない、意味がない、と世の中を否定して、相手にしないようにしているうちに、ふと気づいたら、世の中の方が自分を相手にしなくなっていた。

そこへ十二月、私の腰に激震が走った。

あとになってヘルニアだと分かるのだが、その時は何が起こったのか分からなかった。ただ今までの人生の中で体験したことのない痛みだけがあった。

十二月八日、午後五時頃に私は書生庵を出た。外は雪かみぞれが降っていて、いきなり冬の寒さだった。私はビニール傘をさして最寄りの江戸川橋の駅まで歩いた。六時半から調布で、女房の勤め先の主催するクリスマスコンサートがあるのを、駆りだされて聴きに行くつもりだった。江戸川橋駅の改札をくぐった時は、まだ何の異常も

感じられなかった。ところが有楽町線のホームにいたる階段を早足に下りていった直後に、突然、太腿に出刃包丁を、

「スカッ！」

と突き立てられたかのような、重低音の痛みに襲われた。あまりの痛みに私は声を失い、わなわなと震えた。そこへすぐ電車が入ってきてしまったので、思考停止状態のまま、この車両に乗り込んだ。幸い車内は空《す》いていて、楽に座ることもできたのだが、実際には一歩乗り込んだ地点から、もう動けない状態だった。

「痛い！　痛い！　痛い痛い痛い！」

と思う間もなく電車は市ヶ谷についた。私は脂汗をだらだら流しながら、下車して、エスカレーターに乗った。しかし、それが限界だった。痛みはどんどん募ってきて、もはや正気を失いそうなレベルに達していた。

「痛い！　痛い痛い痛い！　死ぬ！」

その痛みは立っても座っても、歩いても止まっていても、横になろうが縦になろうがおさまらなかった。私は女房あてに、たいへんな時間をかけてメールを打った。

〈不意の激痛に襲われ歩行不能。只今より神保町へ向かう〉

これだけ打つのに、十五分もかかった。痛くて痛くて、気が遠くなりそうだった。私は下りのエスカレーターに乗り、都営新宿線の本八幡《もとやわた》方面行きホームに降りた。入ってきた電車に乗り込み、神保町までの二駅が、どれほど遠く感じられたことだろう。神保町で地上に出ると、外は雨がひどく降っていた。しかし私はもはやビニール傘の杖なしには歩けない状態だったので、濡れながら老父母宅までの短い距離を必死で歩いた。

ずぶ濡れになって、やっとのことでたどり着いたのだが、痛みは一向に弱まる気配がない。湯にも浸かったし、湿布も貼った。安静にもしていたのだが、激痛は増すばかりだった。

痛い！　右の太腿の中が痛い！　何故か痛い！

私は二晩悶絶して我慢し、土曜日の朝に救急車を呼んでもらった。とてもじゃないけど耐えられない。誰か何とかしてくれ！　と神に祈るような気持だった。

生まれて初めて乗った救急車の感想は……狭い、痛い、それだけである。

大久保通りの先の病院の救急外来に運び込まれたのだが、ここではひどくぞんざいな扱いを受けた。ようやく現れたいかにも新米風の若い医師は、私の軀をろくに診《み》も

しないで、

「原因は、分かりません。明後日月曜日に改めて精密検査をしましょう。今日のところは座薬と痛み止め、一日分だけ出しておきますから、これで」

「三日分とか、出してもらえませんか」

「それはねえ、できないんですよ。ここ救急ですから」

「そんな殺生な……」

医師は座薬を一つ私の肛門に入れ、

「さあ、これでもうお帰りになっても結構ですよ」

と明るい声で告げて、どこかへ消えてしまった。私はじきに八十歳の母親に車椅子を押させて、タクシーに乗り、神保町の家に帰った。

しかし痛みは、全然おさまらなかった。むしろ時間が経つごとに、悪くなっているように思えた。

私は藁にもすがる思いで、高校時代の同級生で、N医大の麻酔科の教授をやっているSに電話をした。

「分かった。月曜の朝八時半に来い。あとはまかせろ」

Sは医者らしく、心強い口調で言ってくれた。ありがたかった。

月曜日の朝八時半に、私は老母に付き添われてN医大を訪れた。名前を言うと、もう話は通っているらしく、実にスムースに検査から診察までの過程が進んだ。担当を仰せつかったという若い医師が、パソコンの画面を見ながら、

「あー、ヘルニアですね」

と言った。見ると脊髄の隙間から、貝の舌のようなものが、べろんとはみ出ている。

「ヘルニアって、腰ですか？　腰が悪いのに、何で太腿の中が痛いんですか？」

「それは、太腿の神経が腰のヘルニアの部位とつながってるからでしょう」

「そういうものなんですか？」

「そういうものなんです」

そうは言われても、私は納得がいかなかった。けれど医師はもうてきぱきと処置についての説明を始めた。

「まずブロック注射。これを患部に打ちます。打ってしばらくは楽になると思います」

「しばらくって、どれくらいですか」

「まあ人によりますけど……三時間から六時間くらいですかね」

「じゃ、毎日打つんですか？」

「いや、毎日というわけには……強い薬なんでね。火曜日と金曜日の週二回で。あとはこちらの飲み薬と、眠れないでしょうから、眠剤も出しておきましょうね」

確かに医師の言う通り、腰にブロック注射を打つと、嘘みたいに太腿の痛みが消えた。私は杖なしで歩き、上機嫌でタクシーに乗り込んだ。しかしその上機嫌は、二時間も続かなかった。またもや「痛い！」なのである。

発症した十二月から数えて一月、二月、三月と、私の記憶はぼんやりとしている。服用した薬があまりにも強いものだったために、記憶が混濁しているのかもしれない。思い出したくもない思い出だから、かもしれない。いずれにしても私は十二月、一月を横になって痛みと戦いながら過ごし、二月三月は杖にすがってよたよた歩いて過ごした。

震災の日から一年経った三月十一日に、私は丸一年をまた棒にふってしまった自分にがっかりした。これじゃいかんと力めば力むほど、筆は空回りして、まったくものにならない。悪循環が、私の生活を支配し始めていた。

また、この同時期、高校時代からの友人のカメラマンKが、癌の末期だという話も飛び込んできた。突然のことだったので面食らったが、Kからの切迫したメールが届いたのは、二〇一二年の三月末だったと懐《おも》う。そこには自分が末期癌であること、主治医の選定にはやはりN医大のS教授を頼んで、とにかく「痛くならないように」ということだけに主眼をおいた治療を決意したこと、余命は三ヶ月から一年と言われていることを正直に告白していた。

〈来年の桜は見られんでしょうなあ、と言われたので、よおし、ほなやったろうやんけ、と思うようになりました。一つ目標ができた。来年二〇一三年の桜を見てやるぞ!〉

とKは意気軒昂なことを言っていた。

その意気やよし、とは思うのだが、実際に会いにいくとなると、これは結構なプレッシャーがかかった。末期癌を宣告され告白した友達のところを初めて訪ねるのである——しかも皆尻込みしてるから、友人代表みたいな感じで、いったい何を話せというのか。考えてしまうところではないか。

四月上旬、私は二人前のうなぎ弁当を手に、Kの家にお見舞いに訪れた。一年ぶりくらいに会ったKは、思ったよりもずっと元気そうで、がっしりした体格にもさして変化は見受けられなかった。久しぶりだなあ、とがっしり交わした握手も力強く、病人の手ではなかった。

しかしこの後、夏を過ぎて、秋に変わっていく頃には、抗がん剤治療だかその前段階の治療だかが始まっていて、Kはかなり苦しい時期があったみたいだ。十二月に入るとそのメール内容は、徹頭徹尾自分の症状についての詳細報告で、その必死の記述には、胸に迫るものがあった。

〈わしは怖い……まじで怖い〉

メールでそんなことを伝えてきて、返答に窮したこともあった。

私は根が小心者だから、こうして近い将来いなくなってしまう友達と会うことが、怖かった。平気なふりをしていたが、私にはKの言う「怖い」という気持が分かっただけに、自分も怖かったのだ。おかげでお見舞いのペースが間遠《まどお》になり、いつも気にかけているのだけどなかなか会いにいけない状況が続いた。

やがて年があらたまり、二〇一三年の三月、私はとんでもない不義理をはたらいてしまった。三月十五日の昼に、あのうなぎ弁当を持ってお見舞いに行くからな、と固く約束を交わしたのに、これをすっぽかしたのである。すっぽかしただけではない。その後、フォローのメールも電話も入れなかったのである。

この時期、日本列島を低気圧が覆っていた。私は毎年の春先の不調に加えて、この低気圧にやられた。鬱がひどくなり、動けなくなって、トイレにいくのも、おにぎりを食べるのもかったるくてやってられない。被害妄想も出た。「みんなが怒っている」「おれの不義理をみんなでなじっている」そう思ったら、もうそれ以外考えられない。だからメールも電話も、入れられなくなる。そしてこの手の連絡というものは、一旦タイミングを逃すと、ますます取りにくくなるようにできている。面倒くさいことを面倒くさがると、ますます面倒なことになるのだ。

そしてKとは約束をすっぽかしたまま、連絡も取らずに三ヶ月が経った。

私は〈走れカタナオ八五号〉を漕いで、目白通りをゆっくり走っていく。飯田橋に向かって右側の歩道を、歩くくらいのスピードで流している。

首都大学の入った巨大な建物が見える辺りだったろうか、右手の路地から黒いタクシーが鼻先を突き出していた。直進方向の横断歩道があって、渡った向こう側にぼうっと突っ立っている半透明のおじいさんが見えた。おや、と目を凝らすなり、おじいさんの姿はたちまち消えてしまった。何だ目の錯覚か、と思って横断歩道を直進しようとしたら、鼻先を出して停止していたタクシーがじわじわっと前へ出てきた。

「おいおいおい!」

あっというまに私は自転車ごと、なぎ倒されていた。タクシーは急停止した。私は、倒れる直前に身を翻して体勢を立てなおしていたので、無事だった。〈走れカタナオ八五号〉も、起こしてやってざっと見たところ、どこにも支障はなさそうだった。ただ前につけていたカゴが少々ひしゃげてしまった。

「…………」

顔面蒼白のタクシー運転手が近づいてきて、口をぱくぱくやっている。あまりの驚きに、口がきけなくなっているらしい。

「どこ見て運転してるんだよ!」

私が毒づくと、ようやく我にかえったかのような顔つきになって、

「すみません! 申し訳ありません!」

とお詫びの嵐だ。誰でもそうだろうが、こういう風に下手に出られると、私は弱い。

「とにかく車、こっちの広い通りに停めて。そこ邪魔だからさ。で、車の中で話し

ましょう」

そう言って私は、道の端によけた。運転手は大慌てで車に戻り、私の指示通りに駐車した。すぐに飛び出してきた運転手は、ドアを開けて「どうぞ」とこわばった顔で私を迎えた。私は黒いリュックサックを持って、左の後部座席に乗り込んだ。運転手を斜めに見る位置に座り、

「どこ見て運転してたんですか?」

とあらためて訊いた。何しろこっちは真正面にいて轢かれたんだから、どこ見てやがんだいの一言くらいは言わせてもらいたい。

「いえ、あの、おじいさんが……こっち側に立ってまして、その人が『来るかな』と思って見てました。申し訳ありません!」

おじいさん、と言われて私はすぐに、今さっき自分もおじいさんの幽霊みたいなものを見たことを思い出した。ふと、あれは人間ではなかったような気がした。運転手も、同じものを見たのだ。不思議な感じだったから、思わず見とれてしまったのだ。

「あの……申し訳ございません。私こういう者です」

ようやく差し出してきたのは、タクシー会社の名刺ではなくて、千葉県の自宅の住

所と電話番号が記してある、手製の名刺だった。名前の上の肩書は〈カメラマン〉だった。

「へえ、あなたカメラマンなんですか？」

「いいえ、趣味で。好きでやってるんです」

「タクシー会社の名刺は？　出しにくいんだ？」

「ええ、まあ……」

「これ、ドライブ・レコーダーは？」

「ついてます」

「ちょっと待って。荷物の中にね、パソコンが入ってたの。これが壊れてないか今、確かめるから」

そう言ってリュックサックからマックを取り出し、起動させてみる。起ち上がってくるまでの二分が、運転手には永遠のように長く感じられたことだろう。

「ああ、無事ですね」

私が無感情にそう言うと、運転手は複雑な表情で「よかったあ」「よかったですね」と言うのだった。

「さて、と」

私は言った。

「どうしましょうかね」

「…………」

運転手はどうしましょうともこうしましょうとも言わない。というか言えない立場である。蒼白の顔面をこわばらせたまま、怯えた目で私を見つめている。私は想像した。

ここで私が「一応、警察呼んでもらって」と言ったら、どうなるか？　パトカーが来て、お巡りさんが来て、私と運転手は取り調べられる。運転手はどうなるだろう？　免許停止とかで、働けなくなるだろう。年齢から推測するに、中学高校の金がかかる時期の子供を抱えていそうだ。父親が働けなくなるということは、すなわち家庭崩壊だ。家庭が崩壊したら、この運転手は生きていく甲斐を失う。生きることに興味を失った彼は、自ら命を断つ道を選ぶ。写真を撮りにいってくると言って、青木ヶ原の樹海に行って、クビをくくる。

今、この瞬間、この運転手の未来を握っているのは自分だ、と私は確信した。同時に闘病中のカメラマンのKのことを思い出した。すると、気持がやわらかくなった。事を荒立てることはない。

「じゃあ運転手さん、こういうふうにしようか」

私は思いつきを口にした。

「おれ、今、年老いた父母と暮らしてるんだけどね、二人とも、もう脚がだめでね、なかなか出かけられないの。でも去年の春だったかな、神保町から新宿ピカデリーまでタクシーで往復して、映画を観にいったんだよね。二人とも喜んでさ。だから一回だけでいい。神保町から新宿ピカデリーまで送り迎えしてくれないかな。それで今回の件はチャラにしましょう」

運転手は「え！」と声を上げ、目を見張って私を見つめた後、わっと声をはなって泣きだした。子供のような泣き方だった。私は少なからず戸惑い、この様子もドライブ・レコーダーに録画されてるのかと思うと、気が気ではなかった。

「すみません！　すみませんでした！」

「いや、もういいから。ね？　連絡しますから」

すがりつくようにして謝ってくる運転手に閉口して、私はそう言って振り払うようにして車を降りた。そしてすぐに颯爽と〈走れカタナオ八五号〉にまたがって、飯田橋方向に走り出した。タクシーの向きとは反対方向なので、もう出会うことはない。

空が青く、高かった。私は神田川に沿って目白通りを走っていく。久しぶりにとても気持がいい。

私は神様に対して「貸しひとつですからね」という気持だった。自分のこの善行が、先行き幸運をもたらしてくれますように、と祈ったわけである。そして祈っただけでなく、書生庵に着いて間もなく、私は長らく連絡できなかったKに電話をかけた。案の定留守番電話だったので、そこに詫びを入れた。

「長いこと音信不通にしてしまって、すまなかった。声が聞きたいし、逢いたいので、連絡ください。また、電話します。出られる時に出てください」

胸のつかえが取れて、すっとした。

私は部屋のサッシを開けはなって、神田川を見下ろしていた。初夏の気持のいい日だ。

昼過ぎに、運転手から電話がかかってきた。お昼で勤務を交代して、自由の身になったこともあって、彼は基本的に興奮した口調で言うのだった。

「いやあ、今さっき相棒と交代したんですけどね、奴が運転してる間に何かありゃしないかと、まだどきどきしてます。いや、何かあると、ほら、ドライブ・レコーダーを一日分全部見直すことになるでしょ？　そしたら……まずいでしょう？　あ、すみません。本当にすみませんでした。あの……それでお父様とお母様をお連れするのは、いつがよろしいんでしょうか？　明日ですか明後日ですか？」

私は笑って、そんなことはまだ分からない、追ってこちらから連絡するから、と答えた。

「本当に申し訳……」

と、なおも謝ろうとするので、私は電話を切った。

窓辺に寄って日の光をあびながら、神田川を見下ろす。本当に気持のいい日だ。

○

「18番さんは、何で入ってきたんすか？」

長髪の22番が尋ねてくる。答えないでいると、自分の方からまた話しかけてくる。

「クスリすか？」

「ああ、そうだよ」

「やっぱ、そうすか。あ、ちなみに自分は詐欺で、そっちの24番さんは窃盗。ね、同じ房で、罪が重ならないようになってるんすよ。うまく振り分けてやがんなあ」

24番というのは、短髪で白いTシャツを着た若者だった。二人は私よりも先に、この房に入っていた。言わば先住者である。18番というのは、留置場に入れられた時、私につけられた番号である。留置場に入れられる者は、まず名前を剝奪される。代わりにつけられた番号が、名前になる。この番号は留置場を出るまでつきまとう。何しろサンダルにも歯ブラシにも歯磨きチューブにも手拭いにも〈18〉の番号がついていて、呼ばれる時も、

「18番！」

「はいっ！」

という感じなのである。手錠をかけられたり腰縄で連行された時もみじめだったが、番号で呼ばれることもまたひどくみじめなものだった。18番と呼ばれるたびに、自分が逮捕されてここにいることを思い出し、違和感と後悔に苛まれた。

「初犯すか？　初犯すよね」

長髪の22番は自分で訊いて、自分で答えた。私は黙ったまま、うなずいた。

「いいなあ。だったら三十日くらいの我慢すよ。保釈金は百五十万か、二百ですね。弁護士は？」

「分からん」

「まあ、初犯なら弁護士は国選でも大丈夫。執行猶予ぜったいつきますよ。裁判は十一月かなあ。懲役二年半、執行猶予三年てとこかな。クスリは、所持だけですか？使用も？」

私は、答えなかった。黙って房内をあらためて見回す。

長方形の六畳、といったところか。布団を四組敷けば、一杯になる広さだ。床にはパンチ・カーペットが敷いてあるから、冷たくはないが、おそろしく硬い。壁と天井は、何百回も塗り重ねた感のある石膏色。変わっているのはトイレで、入ってみるとどこか違和感がある。トイレ内の角という角が、ことごとく漆喰だかモルタルを塗りつけて、丸くしてあるのだ。手際が悪いので、その見た目は下手な作り物のように思える。おそらくは自殺防止なのだろう。角があると、そこに頭をぶつけて死のうとする奴がいるのだ。いや、いたのだ。だからこうして幾重にも塗り重ねて潰してあるのだ。

便器は金隠しのない和式で、ここを物凄い勢いで水が流れる。あんまり凄い勢いなので私はひそかに〈ミサイル水流〉と名づけた。この水流ならどんな大糞も一発でふっとばせる。尻を拭くのには、昔なつかしいネズミ色がかったちり紙である。これは毎朝行う便所掃除の際にも使う。「雑巾は臭いから使わない方がいいすよ」と22番に教えられたのだ。二人の先住者のやり方を見ていると、小便の場合は一回流すだけだが、大便の場合はミサイル水流を流しっぱなしにしておくのが主流のようである。これは消音、消臭の効果をねらったものだろう。悪人だって、自分の大便の音を人に聞かれるのは、恥ずかしくて嫌なのである。

不思議なのは、房の方角がどうなっているのか、最後まで分からなかったことだ。どっちが北で、どっちが南か？　窓がないものだから、西も東も分からないのである。看守に尋ねても、

「だいたいこっちが西」

とテキトーにしか答えてくれない。イスラム教徒が入ってきたら、絶対に抗議され

ると思う。人には、東西南北を確かめる権利があるはずだ。

ここ、つまり留置場に入れられる直前に身体検査が行われ、すっ裸にされて、ケツの穴の中まで調べられた後に、偉い階級の人らしい看守のおじさんに、こう言われた。

「あのね、ここに入ってる人たちはみんな嘘つきだからね。いろんなこと言うと思うけどね、まともに話聞いちゃだめ。みーんな、悪人なんだからね！」

そういうものかと感心する一方で、何だ自分もその悪人の一人にすぎないではないか、と呆れもした。

このえびす顔の偉そうなおじさん看守は、その後も折りにつけて現れ、妙に印象的なことを言って、私を無闇に怯えさせた。二度めに会ったのは就寝前で、メガネを外してカウンターまで持っていったところ、そこにいたのである。私と目が合うと、無言のままにっこりして、不吉なことを言うのである。

「知ってる？　ここはねえ、幽霊が出るんだよ。おばけがいるんだよ。ほら、あそこ！　女の子がいるよ。ほら、ほらあそこに！」

なんてことを独特の声色で言うので、私は気味が悪くなり、急いで自分の房に戻った。

「あのおじさんはクレイジーすよね、偉いのに」

と22番も言っていたが、本当に気違いじみている。牢に入っている奴らよりも、ずっと変質者っぽい。

いずれにしてもここでの就寝は十時消灯である。そのため九時すぎから洗面、歯磨きを済ませて、自分の布団を持ってきて敷く。この布団というのがまた独特のものだった。何しろ薄いし、細長い。布団としての快適さを極限まで切り詰めると、こうなる、といった趣の布団である。枕も同様。サイズも快適性も極限まで切り詰めた枕。そして毛布が一枚。これらを看守詰め所のカウンターの向こうにある布団部屋から持ってくる。布団部屋は巨大な押入れみたいな空間で、二段の棚が設えてある。それぞれの棚には、18、19、20と番号がふってあり、やはり番号の記された布団枕毛布が置いてある。これを取りにいくのだが、房と布団部屋との往復は約四十メートル。その間、何人もの看守や被留置者とすれ違うのだが、そのたびに「おやすみなさい」「おやすみなさい」と挨拶を交わす。他の房の囚人たちと交流する、数少ないチャンスのひとつが、この時間だった。

ある晩、ハワイアンなTシャツを着た、がっしりした体格の兄ちゃんとすれ違った。

髪はぼさぼさで、容貌もオタクっぽいが両腕にハワイアン柄の続きみたいな感じで刺青が入っている。ちらりとしか見なかったから、何の刺青かは分からない。しかしちょっとした好奇心で入れたものではないことだけは、はっきりと分かった。年齢は、三十代半ばだろうか。13番のサンダルをはいて、夜具一式を持って、のしのし向こうから歩いてくる。

「おやすみなさい」

「おやすみなさい」

私の方は軽く頭を下げて挨拶した。その拍子に、彼の両腕の刺青が目に飛び込んできたのだ。咄嗟に見なかったふりをしたが、見られた彼には、分かってしまったろう。Tシャツの袖からはみ出た刺青は、そこから肩までつながり、背中一面に入っていることを想像させた。

またある晩は、立て続けに二人、外人とすれ違った。行きに会ったのは白人の二十代の大男で、こいつもやはり両腕に紺一色の刺青が入っていた。何というか、ヘビメタな感じの刺青なので、この場合、タトゥーと呼んだほうがふさわしいだろう。帰りに会ったのは、中東系の四十代、目つきの鋭い男だ。目が合った瞬間に、

「こいつは売人だな」

と分かった。おそらく向こうも、

「あ、こいつは客だな」

と分かったと思う。売人と客というのは、そういうものだ。何故か分からないけど、目を見れば分かるのだ。

またある晩には、中国人の青年とすれ違った。「おやすみなさい」のイントネーションが変だったので、すぐに分かった。彼はチャン君といって、隣の房の囚人だった。隣の房には「村長」という謎のおじさんがいて、房内を仕切っていた。22番が言うには、チャン君は「オレオレ詐欺」の出し子をやって、捕まったのだそうだ。だから検察庁へ行く前の晩、村長によるチャン君への日本語指導は熱をおび、隣の房にまで聞こえてきた。

「いーい？ チャン君。まずね、検事の人、分かる？ 分からないか。検事、偉い人。その人がチャン君に、いろいろ訊いてくるのね。そしたら、イエスともノーとも言っちゃダメだよ。いーい？」

「いい、いいです」

「そのかわりにこう言うの。『わたしは分かりません』。ね、言ってごらん」

「わたし、知りません」

「知りませんじゃないの。分かりません、だよ。チャン君ねえ、この違い、大きいんだからね。知らないのと分からないのとは、全然違うんだよ。はい、『わたしは分かりません』」

「わたしは分かりましぇん」

「分かりません」

「分かりませーん」

そんな会話がもれ聞こえてきた晩もあった。

実際に会ってみると、チャン君は純朴そうな田舎の青年で、北朝鮮の金一族を想わせる髪型をしていた。とても悪い奴には見えなかった。村長の言った通り、彼は「分かりませーん」な人に見えた。

村長という人とも、洗面の際に隣り合わせになったことが、一度だけあった。背の低い五十がらみの男で、バカボンのパパみたいに鼻毛が飛び出していた。

「あんたクスリだってね」

歯を磨いている最中にそう話しかけてきた。気楽な感じだったので、私も気軽に、

「そうなんですよ」

と答えた。村長はがらがらがら、ペッ、と威勢よくうがいをしてから、鏡の中の自分を見ながら言った。

「まあ、あせってもしょうがないよ。こうなっちまったものは、こうなっちまったんだから。時間はいやでも経つんだから」

村長は自分に言い聞かせるように言い残して、ふいと踵《きびす》を返した。この人はいったい何をやらかして入ってきたのだろう――22番によると詐欺らしいが、具体的にどういう詐欺かは分からない。いずれにしてもそれほど大犯罪ではあるまい。私が入った十二房を含めてこのあたりは、小者ばかりが入っている様子だ。凶悪犯や手に負えない犯罪者は、一桁台の房に単独で入れられている。そういう連中とも起床後、就寝前あるいは週二回の入浴の際に一緒になっているはずなのだが、見た目だけでは、誰が何をやったのかまでは分からない。

同じ房の22番と24番にしても、彼らの具体的な犯行がどのようなものであったかは、なかなか分からなかった。時々口にする中途半端なエピソードをつなぎ合わせて、想

像するしかない。特に22番はおしゃべりなので、想像を膨らませるネタには事欠かなかった。

「自分は小岩あたりでデートクラブやってたんすよね。若い子ばっかり揃えて」

「けっこう儲かりましたよ。んー、月に三百万て時もあったかなあ。でも全然残らないんすよ。毎晩、女の子たちに飯おごるでしょう。これ馬鹿になんないんすよ。あいつら一財産飲んで食いますからね。全然残らないすよ」

「パクられたのは渋谷っす。宇田川町の交番に連れていかれて……渋谷ヤバイって分かってたのに。知ってます渋谷？　今、どこもかしこも監視カメラがばっちり撮ってるんすよね。あの東急のところのドンキの辺りなんか、カメラだらけですから。渋谷には行かないって決めてたのになあ……でも行っちゃったんすよねえ。交番連れてかれて、ソッコーでトイレ入って、バラしましたよ、携帯。トイレに流して始末したんすけど、超ヤバかったんすよ。あん時、携帯をおさえられてたら、激ヤバだったたんすよ」

「女の子の中に若すぎる子がいたんすよ。そいつが都条例で引っかかっちゃって。おれと夕メ年くらいかなと思ってたら、これが十六っすよ。詐欺ですよ詐欺。おれがだまされたんすよ」

「知ってます？　食い逃げって、あれ詐欺罪なんすよ。いや、本当に。金持ってないのに、だまして食うわけでしょう。だから窃盗じゃなくて、詐欺なんすよ」

「自分は今二十九っす。前にパクられたのは二十六の時でしたかね。初犯だったから執行猶予ついて、それが明けたとたんに、またここですよ。再犯だから、今度は実刑覚悟してたんすけど、弁護士の話じゃ、そうでもないらしいんですよね。懲役二年半の執行猶予三年か、執行猶予なしの実刑一年半か……だから今、裁判官に嘆願書っていうか反省文ていうか、手紙書いてるんすよ」

そう言って22番は便箋七、八枚に及ぶ手紙を見せてくれた。ちなみに筆記用具は各房に一本だけ、看守に頼めばボールペンを貸してくれる。このボールペンというのも、先端のプラスチック部分を火で炙って溶かしてあり、鋭さが失われている。これもまた凶器として使用できないように、との配慮なのだろう。人間、追い詰められると、ボールペンでクビや腹を突き刺して死のうとする奴もいる、ということだ。その手紙を見せられて、

「へえ、きれいな字、書くじゃないか」

とお世辞ではなく褒めると、22番はちょっとはにかみながら、うれしそうに答えた。

「自分はおばあちゃん子なんすけど、小学校の時から習字やらされてたんで。中学の時、大会で銀賞もらったこともあるんすよね。真面目そうな字でしょ？」

「生まれは、どこなんだい？」

「東京っす。赤坂におじいちゃんとおばあちゃんの家があって。あのう、２４６沿いに虎屋の本店あるの知りません？　あの横道をちょっと入って下ったあたりです」

「ああ、コロンビアのへんだな」

「そうそう！　へえ、知ってるんすか。うれしいなあ。あのへんの坂道とか、ＴＢＳの上の方とかが遊び場でしたよ」

一方24番は無口で、いつも仏頂面をしていて、自分についてはほとんど語ろうとしなかった。年齢は22番と同い年の二十九歳。出身は町田。窃盗の再犯で、何を盗《と》ったものやら、パクられたのは渋谷ハチ公口の改札付近。何でもお気に入りのアニメのＤＶＤの先行販売がツタヤであったので、それを買いに渋谷まで出てきたところを職(務)質(問)されたのだという。

「馬鹿だなあ。マークされてたんじゃないの？」

22番が屈託のない口調でそう言うと、24番は小声で「いや、それはねえよ」と答えた。

「じゃあ何、フツーに職質されたわけ？」

「そうだよ」

「じゃあ渋谷に出てこなかったら、パクられなかったんだ？ 馬鹿だなあ。渋谷はヤバイって知らなかったの？」

「知ってたよ。知ってたけど……渋谷のツタヤだけだったんだよ、先行販売」

「先行って、そんなの二週間くらいだろ？ 我慢できなかったのかよ。馬鹿だなあ」

「うるせえ！」

24番は初めて声を荒げ、凶暴な目つきで22番を見据えた。なかなかの迫力だった。22番は薄ら笑いを浮かべて、そっぽを向いた。こんなふうにして諍《いさか》いが起きかけるのは、しょっちゅうだった。何しろこの狭い房の中で、一日中顔を突き合わせているのだ。お喋りして、口喧嘩するくらいしかやることがない。私は自分から話しかけることは滅多になく、いつも二人の仲裁役に回った。まあ仲裁といっても、話題を別方向に逸らすだけのことだが。

「18番さんは、どこでパクられたんすか？」

ぶち込まれて一週間ほど経ったある日、22番はさりげなさを装って尋ねてきた。

「笹塚だよ」

「へえ、笹塚？　笹塚って渋谷署の管轄でしたっけ？」

「知らねえよ。知らねえけど、ここにいるってことは、渋谷署なんだろうよ」

「そうすよね。で、どんな感じだったんですか？　やっぱマークされてたとか？」

「さあな」

私は急に不機嫌になって、答えを濁した。あまり思い出したくもなかったのだ。得意げに吹聴するようなことは何もない——それは、ここにいる全員が同じだったろう。

パクられた時の経緯を喋る代わりに書いてみる気になったのは、三週間も経ってからだ。差し入れられたノートや便箋に書くと検閲されるという話だったので、私物の単行本の余白に記すことにした。逮捕された時にたまたま持っていた宇野浩二『文学の三十年』。古本だが、ありがたいことに白いページがたくさんあった。例の先端を溶かして丸くしたボールペンを看守から貸してもらい、腹這いになって、白いページに走り書きした。それを二日おき、三日おきに続けたのが、以下の文章である。

●渋谷18番

その日の夕方、彼は売人に連絡して、笹塚駅前で六時に待ち合わせた。ところがたまたまこの日に限って、彼は遅刻した。こっちが待たされるのがいつものことなのに、この時だけは、彼の方が三十分近く遅れてしまったのだ。

「マダ？　モウ待ッテルヨ」

売人から電話がかかってきて、苛立たしげにイラン訛りの日本語でそう言われ、彼は甲州街道へと急いだ。いつもはボウリング場の前あたりで落ち合うのだが、この日、売人の車は大分先の大原寄りに停まっていた。オレンジゴールド色のキューブ。彼は背後から走っていって、助手席に乗り込んだ。すぐに車は発進する。

「オソイヨ」

「ごめんごめん」

細長く折りたたんだ三万円と、ティッシュの固まりを交換する。中にはエス（覚醒剤)とお茶(大麻)が入っている。それを素早くズボンのポケットに入れ、次の信号待ちで彼は降りた。

「じゃね」

「気オツケテネ」

彼は甲州街道沿いの歩道を、笹塚駅に向かって歩き出した。夕日が背中を照らしていた。

「ちょっと待った!」

突然、前を行く若者が振り返って、行手をふさいだ。同時に、彼の背後でも、いかつい中年男が身構えた。彼は二人に挟まれた形で、歩道上に立ちつくした。

「はい警察」

そう言って若者は警察手帳を提示しながら、じりッじりッと間合いを詰めてくる。いつ逃げ出そうとしても即座に捕まえてやる、という気合が全身にみなぎっている。

「ポケットの中のものを出しなさい!」

甲州街道の反対側まで届きそうな大声で言われて、彼はすぐに観念した。ポケットの中のものを出して見せると、

「何ですか！　これは！」

「ティッシュです」

「開いて中を見せなさい！」

また大声を出されて、彼は素直に従った。セロテープを剝がして、ティッシュを開いて見せる。背後にいた中年男が、いつのまにかデジカメを構えて、しきりに写真を撮っている。中から現れたのは、小さなパケに入ったエス二袋とお茶一袋である。

「これは何ですか！」

「さあ……」

「何ですか！」

「エスとお茶です」

「それは何ですか！」

「いや……エスとお茶としか言いようが……」

「……分かりました。じゃあ、これ押収しますよ！　いいですか？　いいですね！」

「いいですよ」

その様子をデジカメで撮っていた中年男が、今度は携帯を耳に押し当てながら早口で言った。

「ヤバイヤバイ、動くってよ。おい、動くぞ」

それを聞くと若い刑事は、キッとした目で彼を見据え、殴りつけるようにこう言った。

「いいか！　今からこの人の後について歩くんだ！　余計なことするなよ！　いいな！」

すごい迫力だった。彼は逆らおうなんて気は微塵も抱かずに、中年刑事の後について大原の方へ歩き出した。若い刑事は彼の背後にぴったりついて歩いてくる。夕日がまぶしくて、彼は顔をしかめた。と、向こうから歩いてくる男は——今さっき別れたばかりの売人だった。何かサインを送ってやろうか、とも思ったが、何のサインをどう送ればいいのか分からなかったので、何もせずにすれ違う。前を行く中年刑事は、すぐ先の路地を左へ曲がった。

「そのまま歩け！」

背後から鞭をくれるかのように言われ、彼は緊張して住宅街の路地を歩いた。中年刑事はしばらく歩いた先をまた左に曲がり、百円パーキングの前で立ち止まった。あらためて携帯をかけ、別の班と連絡を取っている様子だ。

「どうした？　また車乗って、走り出した？　お前、じゃあ後追ってんの？　追尾中？　見えないって何？　お前、まかれたのか？　嘘だろォ！」

中年刑事は携帯に向かって「このバカヤロッ！」と怒鳴った。その様子を隣で眺めている彼の気を逸らそうとしてか、若い刑事が急に猫なで声で言った。

「あ、煙草吸うなら、今のうちに吸っておいた方がいいですよ。もう吸えなくなりますから」

「そうなの？　じゃあ……」

彼は素直に反応して、煙草を一服つけた。そして煙をゆっくりと吐き出しながら、こう思った。

「これはえらいことになった」

どこからどう考えても、これはえらいことだった。どうする？　どうしたらいい？今から全速力で逃げ出すか？　いや、無理だ。もう手遅れだ。彼は呆然として、ただ煙草を吸った。

「あの馬鹿、見失ったってよ」

中年刑事は火をつけたばかりのまだ長い煙草を地面に叩きつけ、踏みにじって消した。

「マジですか?」

若い刑事が苦笑いで応える。中年刑事は「あの馬鹿!」と二回続けて言った。

「じゃあ、こっちの班のワゴンは?」

「ワゴンは今、こっちに向かってるから……あ、あれかな? 違うかな」

「けど、ワゴンの方には検査キット積んでないですよ」

「検査キット、積んでない?」

「ないっすね」

「ないっすねじゃねえだろバカヤロ!」

二人をあらためて観察してみると、両人ともにおよそ刑事らしくない格好をしていた。若い方はカーキ色の七分丈のショートパンツに、安っぽいアロハシャツ。中年の方は脚が短いので、八分丈の中途半端なズボンを穿いている。まるで売れないお笑い芸人みたいだ。ただ二人とも目が笑ってなくて、声が異様にでかい。中年刑事はまた携帯をかけ、怒鳴り声を上げた。

「だからァ！　そっちの車に検査キットが積んであるから、持ってこいつってんだよ！　見失ったんだろ！　もういいよそっちは！　ヤサは割れてんだからよ！　それより検査キットだよ！　こっちにゃ積んでねえんだよ馬鹿！」

中年刑事は齧りつきそうな勢いでそう言って、携帯を切った。そこへ暗い色のワゴンが滑りこんできて、停まった。スライドドアが開き、彼は促されるまま、中に乗り込んだ。

車内は、煙草臭かった。彼は後部座席に座り、対面シートのはす向かいに若い刑事が腰かけた。中年刑事は助手席に乗り込み、ワゴンは発進した。

街は暮れなずんでいた。

彼は窓ガラスに額を押しつけて、流れゆく街の灯りをぼんやり見送っていた。何の感興もわいてこない。頭の奥が何故か焦げ臭くて、自分が自分でないような気がした。

「やっちゃったみたいですねえ、小林君」

ハンドルを握っていた白いポロシャツの刑事がそう言うと、中年刑事はまた激昂して「あの馬鹿！」と喚いた。

「まあまあ、彼はまだ若いですからねえ」

「若いって言ったって、あいつ幾つだ？　おい、曽根！　小林の馬鹿は幾つだ？」

対面シートで彼のことをじっと見据えていた若い刑事は、そのままの体勢で答えた。

「三十三です。自分と同期ですから」

「何ィ？　小林とお前、同期か？　あいつ三十三？　あんな馬鹿な三十三歳があるのかよ！」

「彼、緊張すると慌てる癖があって……」

「慌ててもらっちゃあ困るんだよ！　あの馬鹿、急に『右！』って言うと、左に行ったりするだろ？　困るんだよ！　決定的に困るんだよ、そういうのは！」

「それは小林に直接言ってやってくださいよ」

「あ、その先右ね」

「分かってますって。井ノ頭通りでしょう」

「そう、あのぐーっと下ったところ」

「了解」

三人のやりとりはどこか非現実的で、外国語のように聞こえた。何なんだこれは？

と彼は遠くで思った。

やがてワゴンは下り坂の途中でハザード・ランプを点滅させて停まった。

「さて、と」

天井のルームライトをつけて、若い刑事は言った。

「運転免許証、拝見できますか？」

「ああ、はい……」

彼は言われるがままに免許証を取り出し、若い刑事に手渡した。それは助手席の中年刑事に渡され、何かの照会にまわされた。一方若い刑事は、薄っぺらいミニ・アルバムを取り出して、彼に見せながら言った。

「ほら、これ」

そこには売人の車、オレンジゴールドのキューブが写っていた。色々な場所で様々な角度から撮られた、何枚もの写真である。

「あいつね、あの売人、もう三ヶ月くらい前からマークしてたんだよね」

若い刑事はそう言って、相手がどれくらい観念しているか推しはかるような目つきで彼を見た。中年刑事は、前を向いたまま、大声でこう言った。

「あんた、ついてないねえ！　あと十分、早く来てたら、引っかからなかったのにねえ！」

厭味たっぷりの口調のこの言葉は、後々まで彼を苦しめることになる。中でも「あと十分、早く来てたら」の一言は、繰り返し繰り返し甦ってきては、痛恨の傷口に塩をすり込むのだった。

「あ、来た」

白いポロシャツの運転手がそう言うのと同時に、ありふれたセダンが一台現れて、ワゴンの前に停まった。

「おい曽根、小林にバカヤロって言っとけよ」

「了解です」

そう応えて、若い刑事は車から降り、前のセダンへ向かった。

ワゴンに残された三人の間に、妙な沈黙が漂った。と、そこへ彼の携帯が軽率な音で鳴り出した。車内に緊張が走った。確かめてみると、それは売人からの電話だった。

「出ろ！　いいか、よけいなこと喋るんじゃねえぞ！」

中年刑事に鋭く言われて、彼は電話に出た。

「はい、もしもし？」

「ア、ドウモドウモ。貴方モウ家ニツイタ？」

「え？　まだだけど、何？　どうしたの？」

「アノー、車ノ中ニネ、一万円ガ落チテタノヨ。コレハ、貴方ノジャナーイ？」

「いいや、おれのじゃないよ」

「ア、本当？　ソウナノ？　大丈夫？」

「大丈夫だよ」

「ジャ、イーノ。オーケー、マタネ」

電話を切ると、中年刑事が身を乗り出して尋ねてくる。

「こういうことは、よくあるのか？」

「こういうって？」

「だからあ！　買い物した後で、売人から電話がかかってくることは、よくあるのか！」

「いや、初めてだね」

「くそッ！　勘づきやがったかな……」

そこへスライドドアが開いて、若い刑事が戻ってきた。

「おう、曽根。今よう、売人から電話あったぜ」

「マジですか」

「マジですよ。おまえ、小林にバカヤロって、ちゃんと伝えてくれたか？」

「二回言っておきました」

「そりゃ上出来だ」

「で、売人からの電話は？」

「こちらの方にご協力いただいて、スルーした」

「大丈夫なんですか？」

「さあな。多分な」

言い交わしながら中年刑事はデジカメを準備し、若い刑事は検査キットの封を切った。B5くらいのビニールパックの中に、ゴム手袋や試験管、検査薬、説明書などが、きちっと詰められている。若い刑事は、まず自分のポーチから先ほど押収したティッシュ一包を取り出し、彼に手渡した。

「これは、さっき貴方から押収したものに間違いありませんね！」

「はい、そうですね」

「では、ゆっくり開けてください」

彼の掌の上で、エス二パックとお茶一パックがあらわになる。それを中年刑事がデジカメで撮る。若い刑事はゴム手袋をはめ、試験管を準備した。

「えーと、こっちの白い粉の方から成分分析を行います。ハサミでこの端っこを切りますよ。いいですか？」

「いいですよ」

若い刑事は小さなハサミでエスのパケの端っこを五ミリほど切った。その隙間から耳かきみたいなものを突っ込んで、中身をほんの少しすくい取る。

「この試験管の薬液は——ここに説明書があるから後で読んでもらえばいいと思うんですけど、覚醒剤に反応する薬液です。覚醒剤を入れて振ると、どす黒く濁りますから、見ててくださいよ。貴方の持っていた粉を入れますよ……はい、投入」

そう言ってから、若い刑事は試験管を軽く振って見せた。透明だった薬液は、たちまちどす黒く濁った。

「ビンゴー！　覚醒剤間違いなーし」

助手席の中年刑事が歌うように言いながら、デジカメで何枚も写真を撮った。

「はい、では次にこっちの緑色の方を検査しますよ。いいですか?」

若い刑事は先刻と同じ要領で、お茶のパケの端っこを切って、中身を少量、別の試験管に入れた。

「この薬液は大麻に反応して、むらさき色に変わりますからね。いいですか?」

言いながら若い刑事は、また軽く試験管を振った。ひと間おいてから、薬液はむらさき色に変わり始める。

「ほら、見てください。むらさき色ですね? むらさき色に変わりましたね?」

「はい」

「では、貴方が持っていたこっちの緑色のものは、大麻ということですね?」

「はあ」

ルームライトの光で透かし見たそのむらさき色は、意外なほどきれいだったので、彼はしばらくその色に見とれていた。

「では、これから貴方を逮捕します」

「はい……ええッ!」

科学の実験でも眺めているかのような気持でいた彼は、いきなり「逮捕」と言われて、大いにうろたえた。しかし今更どんなにうろたえて見せても、事態の展開が変わるはずもなかった。

「ただいまの時刻、十九時四十六分。覚醒剤および大麻の所持で貴方を逮捕します」

生まれて初めてかけられた両手錠は、ひやりと冷たくて、強烈な現実感を彼に与えた。うわあーッ、おれは逮捕されてしまったーッ！　という思いで彼の頭はカッと熱くなった。

「いいですかー？」

運転席の白ポロシャツが、後部座席に問いかけた。

「オーケーでーす」

若い刑事が応えると同時に、ワゴンは発進した。

ルームライトを消した薄闇の底に、間の悪い沈黙が漂う。それをかき乱すかのように、中年刑事が鼻歌を歌い出した。ＡＫＢ48の曲であるらしい。

彼の頭の中は、真っ白だった。

車は明治通りの渋滞を抜けて、約三十分で渋谷署に到着した。

「はい、じゃあ腰縄ね」

若い刑事はそう言って、硬質な細めの縄を彼の手錠に通して腰へ回し、一方の端をしっかり持った。その格好で「降りろ」と言われて、彼はかなり恥ずかしい思いを味わった。両手錠に腰縄で「さあ歩け」と促される自分の姿は、みじめさを通り越して、滑稽だった。

彼は若い刑事、中年刑事、白ポロシャツの三人に伴われて、地下駐車場からエレベーターに乗って、五階に案内された。連行中、刑事たちは一言も発しなかった。簡易な衝立《ついたて》で仕切られただけの取り調べ室のパイプ椅子を勧められて、彼はこわごわ腰を下ろした。

「荷物は、それだけね？」

向かいに座った若い刑事が、彼の黒いリュックサックを指して、尋ねてくる。はい、と小声で答えると、

「じゃあですね、その中身をここに出してもらえませんか？　それともこっちで出してもいいですか？」

「どうぞ。出してください」

「おおい、山本！　所持品調べ手伝ってくれ」

現れた若い山本刑事が手伝って、所持品検査が始まった。財布、鍵、手帳、小型のスケッチブック、請求書と領収書の束……確かめてみると、それらの一つ一つが、持ち主の現在の生活ぶりをよく表していた。

「へえ……パスポートまで持ち歩いてるんだ?」

小馬鹿にするようにそう言われて、彼は一瞬むっとした。「いやあ、いつでも高飛びできるようにさ」という台詞が浮かんだが、それを口にすることはできなかった。彼はただ「はあ」と答えて、苦笑いを浮かべるばかりだった。

やがて彼は住所氏名年齢などを書かされ、両手十本の指紋を採られ、口の中の粘液を採取(DNA鑑定というやつだ)され、調書を作成され始めた。

「で、今回の売人とはいつから?」

「んー、半年くらい前からかな」

「その前は? 最初はどうやって知ったの?」

「最初は……二年くらい前かな。渋谷から明治通りを原宿方面に歩くと、右側に斜めに走る裏通りがあるでしょ? その通り沿いの古着屋の店先で煙草を吸ってたら、若いイラン人が目配せをしてきたんだよね。『あるよ』って言うから、『いいね』って答えた。そしたら奴は電話番号を教えてくれたんで、それを今まで使ってきたんだ」

したり顔で彼は答えたが、本当はすべて嘘だった。はじめから嘘をつくつもりはなく、訊かれたら思わずそう答えていた。

「そろそろどうですか？　トイレの方は？」

調べの途中で、若い刑事はそう尋ねてきた。尿検査に回すため、紙コップに小便をしろというのだ。最初、彼はすぐに出るだろうと思って、気楽に応じた。ところがいざトイレに行ってみると、これが出ないのである。両手錠に腰縄で、三人の刑事の監視のもとである――遠慮なしに小便が出る方がおかしい。四人連れでぞろぞろトイレまで行って、やっぱり出ませんねと諦めて取り調べ室へ帰ってくること、三回。中年刑事がしびれを切らせてこう言った。

「どうしてもって言うんなら、カテーテルぶち込んで採取する方法もあるんだけど……痛いよ」

怖い顔で脅してきたが、出ないものは出ない。ここじゃ小便をする、しないの自由もないのかよ、と言ってやりたかったが、彼は不機嫌に黙り込んでいた。中年刑事はやれやれ、とため息を漏らし、

「じゃあ、今夜いっぱい我慢してもらって、明日の朝、採尿ということでね。頼んますよ」

そう言って、ようやく彼を解放してくれた。時刻は午後十一時半を回っていた。解放といっても、もちろん外へ放ってくれたわけではない。彼はまた三人の刑事に伴われて、エレベーターで三階に連れていかれた。誰も、何も言わなかった。

「大扉ァ！　開けまーす！」

「中よおし！」

という掛け声とともに、鉄の大扉が開いた。ここから向こうは、留置場のスペースである。中に入ると、まず刑事から看守への引き渡しが行われる。彼は何が何やらわけが分からず、きょとんとして刑事と看守とのやりとりを眺めていた。

「はい、じゃあこっちへ来てください」

太った看守に導かれて行った先は、保健室だった。広さは三畳くらい。彼はここで着衣を脱ぎ、身長体重を計った後、尻の穴まで調べられた。長いこと小便を我慢していたせいで、あやうくドバッと漏らしてしまうところだった。取り上げられたスニーカーの代わりに与えられた茶色いサンダルの甲には、

〈18〉と番号がふってあった。サンダルばかりではない。この先、彼の持ち物には、すべて〈18〉と番号が記されていた。

「今から貴方は、18番。いいですね？　渋谷18番――これが貴方の名前ですからね」

彼の背中に一瞬、冷たいものが走った。自分本来の名前を剝奪され、18という焼き印を押されたかのような戦慄を覚えたのである。

◯

何故覚えているのか分からないけれども、私は自分の学籍番号を覚えている。三七七で始まる八桁の番号だ。三は文学部を表していて、七七は入学年度を表している。つまり一九七七年、昭和五十二年に私は大学生になったわけだ。

三月、十八歳の私は上京した。前もって上京した父が決めておいてくれたアパートは、郊外の保谷《ほうや》市にあった。最寄り駅は西武新宿線の西武柳沢《やぎさわ》。北口を出て新青梅街道を越え、歩くこと十五分。住宅街の中に建つ木造モルタル二階建てのアパートだった。共同の玄関を入って、すぐ右手の部屋が私の一人暮らしの城だった。小さな流しのついた六畳一間は、ベッドと机と本棚を置くと、もうわずかなスペースしか残らないほど狭かった。西側の窓を開けると、白菜畑。その向こうに巨大な貯水タンクが聳《そび》えていた。

大学からも遠く、近所に友人もいなかったので、この部屋を訪れる者は一人もなかった。私は主に大学の界隈で遊び、買い物をし、友達と飯を食ったりして、夜遅くまで過ごした。そして深夜は、数少ないジャズのレコードをかけながら本を読んだり、書き物をしたりして、明け方に眠る。そんな毎日だった。

ところが夏休みを終えて、東京に大分馴染んできた頃のある日、この部屋に不意の訪問者があった。

平日の午前中のことだ。私は例によって明け方床についたので、昼近くになっても、まだベッドの中にいた。まどろみの中でノックの音を聞いたような気もしたが、無視して夢を追っていると、不意に間近で女の声がした。

「こんにちは……」

びっくりして目を開けると、見知らぬ女がベッドの傍らに立っていた。灰色の服を着て、オカッパ頭にした、背の高い女だ。髪型のせいか、年齢はよく分からなかった。女は消え入るような声で、申し訳なさそうに言った。

「あの……ノックしたんですけど、お返事がないものですから。お具合が悪いのかな、と思いまして……」

当時の私は部屋の鍵をかける習慣がなかった。外出する時でさえ、しょっちゅう鍵をかけずに出かけていた。それをいいことに、女はノブを握り扉を開けて勝手に中に入ってきたというのだ。

「声もかけたんですよ、ドアのところで。でもぐったりして、動かないものですから、ご病気かなと思って……大丈夫ですか?」

「大丈夫ですよ。何なんですか?」

答えながら私は、ベッドの上で少し後ずさった。女は名刺を差し出し、健康食品会社のセールスレディだと名乗った。私は受け取った名刺を確かめもせずに、ただ唖然としていた。すると女はその場に座り込み、黒いバッグの中から数種類のパンフレットを取り出した。そして猛烈な勢いで喋り出した。

「わたくしまだ新人で、研修中でして、こちらの地域を回らせてもらっております。

慣れてないものですから、ご無礼いたしました。突然で、びっくりなさったでしょう？　申し訳ありません。ええと、あのう、お時間とらせませんから、こちらのアンケートにご協力いただけないでしょうか？」

女はアンケート用紙を挟んだバインダーとボールペンを差し出してきた。私はしばらく間をおいてから、それを拒絶した。

「あら、まあ、どうしましょう！」

女は私の不機嫌な態度に戸惑った。「帰ってくれ！」と今にも怒鳴られそうな予感に怯え、そこから逃れようともがいて、

「あのう、試供品がございます」

とやっとのことで口にした。

「高麗人参茶の顆粒なんです。お湯にとかすだけで、手軽に高麗人参茶がお楽しみいただけるのです。もちろん無料です。今わたくし、お湯を沸かします」

早口でそう言うと、すぐに流しに立ち、ガスコンロにかけてある薬缶《やかん》に水を入れた。ガスコックをひねって、マッチを擦る。青白い炎が薬缶の底を炙り出し、独特のキュウーという悲鳴を上げ始めた。女は目を伏せて、黙って薬缶を見つめている。

その横顔を、ベッドの上の私は呆然として眺めていた。あんまり呆れ返ったものだから、怒るタイミングを見失っていた。何しろまだ十八歳である。こういうこともあるのかな、などと呑気なことを考えながら、お茶をいれる女の姿をぼんやり見ていた。

女はやがて沸いたお湯を、ひとつしかない湯呑みに注ぎ、一本しかない小匙に一杯、持ってきた茶筒から茶色い顆粒を溶かし、かき混ぜた。それを、

「どうぞ」

と差し出されて、私はぎょっとした。熱い湯呑みを受け取ったものの、とても口をつける気にはなれなかった。

女はまたベッドの傍らに正座して、努めてこちらを見ないようにしている。と、その時ふと手元へ目を落としたところ、先ほどもらったパンフレットの中に、信じられない値段が書いてあるのを見つけた。

〈98000円　24回分割可〉

私はのけぞるほど驚いた。冗談じゃない。98円でもお断りだ。何しろ煙草がひとつ百円前後の時代である。部屋の家賃は一万八千円だったし、アルバイトの時給は四百円だった。九万八千円というのは私にとって、途方もない高額だった。

「帰ってください！」

私は自分なりに声に凄味を効かせて一言、そう言った。本当は、続けて「このパンフレットも持って帰ってください」とも言ってやりたかったのだが、その暇もなく、女はすぐに立ち去った。オカッパ頭のつむじ風のようだった。私は立って流しに湯呑みの中身を捨て、水でよく洗った。

忌々しい気分だった。しばらくは頭に血がのぼっていたが、それが冷めてくると、急に薄気味悪くなった。というのも、女の訪問という出来事が、あまりにも非現実的でありすぎたがために、まるで幽霊を見たかのような思いにとらわれたからだ。私は頭に血がのぼっている最中に、パンフレットも名刺もびりびりに破って捨ててしまった。それがなくなると、出来事はますます非現実味をおびてきて、白日夢を見たかのようにも思われてきた。

私はこの出来事をなかったことにして忘れてしまおうと努めた。そして誰にも話さずにおいて、ほどなく忘れてしまった。

その二ヶ月後のことである。

私は大学へ行く途中で、西武柳沢駅のホームにいた。午前十一時。よく晴れた平日のうららかな日だった。上り線のホームには、人影はまばらだった。

やがてホームが切れた先の踏切の警報機が鳴り出した。上り線が入ってくるのだ。ホーム上にいた誰もが、電車の姿を求めて、西の方を向いていた。と、オカッパ頭の背の高い女が立っていた。灰色の服を着て、黒いバッグを持っている。

「あの女か？」

と思った次の瞬間、女はくるりとこちらに向き直った。おかげで五、六メートルの距離をおいて、私と女はまともに見つめ合ってしまったわけだ。その顔は、どこかが変だった。何が変なのだろう？　と思う間もなく、女はゆっくりとまばたきをした。するとその瞼《まぶた》が変なのである。

目がタテについている……。

だから瞼は鼻筋に沿って横に閉じたり開いたりする。極端な吊り目、というのでは言葉が足りない。それは、ショッキングでグロテスクな光景だった。その異様の顔をはっきりと見てしまってから、私は慌てて目を逸らした。

そこへ上りの黄色い電車が入ってきた。

私は七両目の最後方のドアから、女は八両目のドアから電車に乗った。

車内は空《す》いていたが、私は座る気になれなくて、立ったままでいた。そして電車が発車してから、隣の車両の方をおそるおそる窺ったりしていた。

あのセールスレディと同一人物なのだろうか？

いや、それ以前にあの目！　あんなふうに目がタテについてる人が、世の中にはいるのだ。私は、自分の目の錯覚か、とは一度も思わなかった。

私はただただ驚いていた。

電車は、三つ先の上石神井で、後からくる急行の待ち合わせで停まった。私はいつも通りに乗り換えるべく、ホームに出た。しかし八両目から女が降りてくることはなかった。

女とはそれきりだった。私は「セールスレディの突然の訪問」と同様に、「目がタテについた女を見た」という出来事も忘れようと努めた。そして一ヶ月もしないうちに忘れ去った。

五年の月日が過ぎた。

二十三歳の私は下北沢の四畳半に住んでいた。

西武柳沢の六畳間のアパートから、吉祥寺の六畳間、西早稲田の六畳台所二畳の部屋、神楽坂の六畳間と一人暮らしを転々と続けた後、私は急に岡山から夜逃げしてきた両親と同居することになった。私はまだ学生の身だったが、コピーライターのアシスタントとして、働き始めてもいた。東長崎の風呂なし2DK。そこに両親と三人で、こっそりと息をひそめて暮らしていた。息が詰まりそうな毎日だった。半年ほどして、父がまた博打をうって、サラ金で借金したことが明らかになったので、私は父を捨てる決心をした。代わりにおふくろの面倒はみるから、と言って、私は母との二人暮らしの部屋を、椎名町《しいなまち》に借りた。母は嬉しかったのだろう——もともと私には甘かったのだが、それがもう度を越して、幼な子に対するような態度になった。私はすぐに耐えられなくなり、一人暮らしの部屋を借りたい、と切望するようになった。

その頃の私には好きな女がいて、彼女は三軒茶屋に住んでいた。だからその近くに部屋を借りることが、当面の私の夢だった。二十三歳の私は、彼女と寝ることしか考えていなかった。

その四畳半の部屋を見つけたのは、渋谷東急で映画を観た帰りだった。プラネタリウムの入ったビルに沿ってしばらく歩くと、右手のガード下に、小さな不動産屋があった。

〈下北沢　駅徒歩三分　四畳半　二万二千円　礼ナシ敷一〉

店頭に貼ってあったそのチラシに、私の目は惹き寄せられた。それは理想的な場所と値段だった。すぐに案内を頼んで、中年男と一緒に行ってみたのだが、一目で気に入った。

アパートは井の頭線の下北沢の改札から本当に三分かからないくらい至近の住宅街の中にあった。木造モルタルの二階家で、一階と二階にそれぞれ三部屋の四畳半と共同トイレ。私の部屋は、二階の真ん中の部屋だった。四畳半は、何も置いてないとけっこう広く思えたし、南に向いて広い窓がきってあるので、日当たりがいい。それにこの立地なら、三軒茶屋の彼女の部屋まで、茶沢通りを歩いて二十分だ。興奮した私はすぐに手付をうって、翌週には契約して、少しずつ物を運び込んだ。

住み始めて分かったこの部屋の欠点は二つ。一つは小田急線の踏切が近いので、朝早くからチンチンカンカン鳴りっぱなしで、やかましいと言えばやかましいこと。もう一つは、小路を隔てた向かいが、「メンマ工場」であったこと。おかげで平日の日中、あたりには何とも言えないメンマ臭さが漂い、何とも言えない気分になる。

「これは……どこか気が狂ったような匂いだな」

初めてこの四畳半を訪れた夜、友人のNが、そんなことを言った。

「よせやい」

私は笑ってごまかし、先にたってアパートの外階段を昇った。と、中程で私の目は、すぐ隣に建っている、似たようなアパートの一室に惹きつけられた。二階の真ん中の部屋で、昨日までは雨戸が閉ざされていた部屋だ。そこが今や雨戸ばかりか窓まで外して、裸電球が室内を煌々《こうこう》と照らし出していた。

裸電球の真下には、太った女がパンティ一枚の姿で、向こうを向いて立っていた。

何かけがらわしいものを見てしまったような気がして、私はすぐに目を逸らし、自分の部屋の扉を開けることに集中した。すぐ後に続いて外階段を昇ってきたNは、多分私と同じものを見たのだろう。

「ひぃッ」

と私の背後で短い悲鳴が聞こえた。

扉を開き、中に入って、灯りをつける。すぐ後からNも中に入ってきた。目が合うと、低い声で、

「何だ、ありゃあ?」

と驚嘆の声を上げた。

「分からない。今日初めて見た。昨日まで雨戸が閉まってたんだよ」

「あれは本当に気が狂ってるぞ。気持わりぃーッ」

Nが言う通り、女の裸体は、気持悪かった。その太り方は明らかに異常で、正視に耐えないものがあった。

北側の流しに面した小窓を細く開けて、隙間から覗いてみると、隣のアパートのその部屋が、真正面に見える。私とNは、代わりばんこにその隙間から覗き見た。パンティ一枚の太った女は、雑然とした六畳間を歩き回りながら、台本のようなものを大声で読んでいる。だがその台詞も、しばらくするとわけのわからない金切り声になり、しまいにはその台本をびりびり引き裂いて、窓から捨てた。

窓の真下には、すでに投げ捨てられたものが、ばらばらと散らばっていた。女はその時々で何かに集中するのだが、飽きると、それを窓から捨てるのだ。

煌々と裸電球に照らされて、女が行う行動は、いちいち異様に思われた。

「おい、見ろよ。あれ、何を焼いてるのかな?」

Nにそう言われて覗いてみると、女は白い陶器の博多人形(多分当時売り出していた〈匂いのでる博多人形〉とかいうやつだ)を左手に持って、百円ライターの炎を最大にして炙っていた。見る見るうちに博多人形は黒々と煤けてゆき、やがて全身が真黒になった。女は奇声を上げて、それをまた窓から放り出した。

私はぞっとした。気が狂った人というのは、気味の悪いものだ。怖いものだ。

「どこか気が狂ったような匂いがする、なんて言ったらとたんに気違いかよ……」

Nはその偶然をも気味悪く感じていたらしい。

インスタントコーヒーを入れて二人で飲んだが、どうにも居心地が悪い。

「じゃ、おれ帰るわ」

Nはコーヒーを飲み終わると、起ち上がった。戸口まで行ってそれを見送る。扉を開けると、いやでも女の部屋が目についてしまう。外階段を下りながら、Nも横目で見たろうが、女は部屋の真ん中に大の字になってコミックスを読んでいた。

「じゃあな」

私はNの背に声をかけた。Nは片手を上げて応え、階段を下りきると、宵闇の中に消えていった。

一人になってみると、踏切の音がやけに際立って聞こえるような気がした。私はレコードを大きめの音量でかけ、本でも読もうとしてみた。が、気もそぞろで、活字がちっとも頭に入ってこない。夜中に一度、トイレに行くために外へ出て、様子を窺ってみたのだが、女はやっぱりパンティ一枚で、畳の上に大の字になっていた。

不気味な夜が明け、朝になった。

九時に私は部屋を出た。外階段を下りながら確かめてみると、女は昨夜と同じ格好で大鼾《おおいびき》をかいていた。その窓の真下、一階の地面には、部屋の中にあったがらくたが放り出されて山積みになっている。ごちゃごちゃしたその堆積は、女の頭の中そのもののような感じがして、私はすぐに目を背けて先を急いだ。

ところがその日の夜、遅くに帰ってみると、例の部屋はまた雨戸が閉まって、しんとしていた。窓の下に堆積していたがらくたの山も、きれいに片付けられている。私はほっとした。おそらく隣か下の階の住民が、苦情を言ったのだろう。あんなにも明らかに狂っている人に部屋を貸した不動産屋にも責任がある。しかしまあ、いずれにしても一件落着。よかったよかったと、私は胸を撫で下ろした。

部屋に帰るとすぐに私はコーヒーを入れ、レコードをかけた。煙草を吸って気分を出して、短篇小説を書き始めた。レコードはマイルス・デイビス『ウォーター・ベイビーズ』だ。

午前零時をまわった頃に、ドアにノックの音が響いた。

「とんとんとん」

と三回、扉が叩かれた。こんな時間に誰だろう、と思いながら私は立ち上がり、扉のところまで行った。

「はあい」

と応えながらノブを回し、扉を開けた。

立っていたのは昨夜の太った気違い女だった。

私は身動きがとれなくなった。女は昨夜とは打って変わって穏やかな声で言った。

「あのう、わたし、ここのアパートに引っ越してきたいんですけど、今、空いてる部屋、ありませんか？」

口調は穏やかだったが、その内容は、やっぱり狂っていた。

「そんなこと分かりませんよ。ぼくは管理人じゃないんだし」

私はできるだけ毅然とした口調で答えた。

「分からないけど……空いてないと思いますよ」

そう言って扉を閉めようとした矢先、私は間近で女と顔を見交わしてしまった。女はゆっくりとまばたきをした。すると瞼が横に閉まって、開いた。目がタテについていたのである。

私は扉を閉めて、鍵をかけた。そしてその場に座り込み、息をひそめていた。しばらくして、外階段を下りてゆく女の足音が響いて、静かになった。時計を見ると、もう一時をまわっていた。

それから二十三年の時が流れた。

二〇〇五年のことである。

四十六歳の私は調布から小金井に引っ越しをした。その際に、遅ればせながらパソコンをはじめることにした。若いF君に来てもらって、半日かけて設定やら何やらをやってもらった。そして一人になってから、初めてのネット・サーフィンというのを存分に楽しんだ。こっちのサイトからあっちのサイトと渡り歩き、気がつくと夜もしらじらと明けていた。

台所へ行って、コーヒーを入れて戻ってくると、画面がさっきとは変わっているように思えた。

表示されていたのはYouTubeの英語版のメインページだった。はっきりとは分からないが〈今週のオススメ〉とか〈動画ベスト10〉などの英語がおどっている。

画面右下に三コマ、お勧めらしき動画が並んでいる。何だろうと思いながら一番上のコマにカーソルを合わせて、クリックした。

その動画は、始まると同時に全画面表示になった。

美しい音楽が響き出す。画面には金髪の美女が映し出されていて、彼女は優雅にターンする。スローモーションで、彼女はゆっくり振り返る。そして微笑む。

ところがその瞼は横に閉じた。長い睫毛が開いて、閉じた。

彼女の目は、タテについていたのである。

私はあッと息を呑んだ。その息を吐き出し、あわててパソコンのメインスイッチを切った。その上で電源元のコンセントも抜いてしまって、しばらく再起動させなかった。

以来、私はYouTubeを一度も見ていない。

○

西日が真っ赤に射している。

そこは尾道《おのみち》にある友人Nの部屋である。

障子の向こうに、海の気配がある。

Nは西日を背にして、そこに座っている。座敷だ。

「よう！　入れや」

Nは岡山弁でそう言った。見ると、Nは左右に若い女の娘《こ》をはべらせている。二人とも美形で、実にエロティックな感じである。なにしろ彼女たちは、薄衣をまとっているだけで、中は裸なのだ。

うわあ、いいなあ……と羨ましがっていると、Nはいつもの笑いをニヤリと浮かべて、

「まあ、チチでも吸えや」

そう言って、女の娘の一人を、私にくれた。

「ありがとうN！」と感謝しながら、彼女の裸にむしゃぶりついた。

すぐさま乳房を吸おうとして近づくと……乳首がなかった。まっ平らな胸には、ひっつれたような疵があった。吸う気になんて、とてもなれなかった。

「どうしたらいいんだあ⁉」

私は女に背を向け、苦悩する。

すると出し抜けに別の女の声が耳許《みみもと》で響く。

「メリー・クリスマス」

そこで目が覚めた。

夢を見ていたのである。

目覚めた私は、病院のベッドの中にいた。

救急治療室の一番端っこの衝立で仕切ったベッドだ。

私は首にギブスが嵌められていて、身動きが取れない――まるで夢の続きみたいだが、現実だった。

メリー・クリスマス。

そう言ってくれたのは、多分若い看護婦のMさんだったと思う。

見ると、可動式の小机の上に朝刊が置いてある。

日付けは二〇〇〇年十二月二十四日だった。

二十世紀最後のクリスマス・イブを病院で迎えるなんて、それこそ夢にも思わなかった。

三日前の十二月二十一日の深夜、私は酒を飲んで眠剤を飲んで、女房と激しく口論した挙句、かっとなって、ばかなことをしてしまったのだ。

深夜、午前二時半――当時私はこれを〈魔の刻〉と呼んでいた。というのも毎晩二時半になると女房がキレて、ヒステリックに私を罵倒し始めるからだ。この夜もそうだった。

「あんたなんかねえ、犬以下よ!」

女房は酔っ払って、赤い顔をしていた。自分は犬以上だと意識しながら生きてるわけではないけど、犬以下だと断言されると、反発したくもなる。

「ああ、犬以下で悪かったな! どうせおまえは犬以上だよ。犬以上の女だよ!」

「何ですって! 犬ですって!」

「おまえが犬を持ちだしたんだろう！　犬以上だって言ってるんだから、いいだろう！」

「よくないわよ！　どうして犬なのよ！」

「だからそれはおまえが言い出したことだろう！」

「違う違う！　あたしが言ってる犬と、あなたが言ってる犬は違う！　あなたは犬以下よ。だけどあたしは……犬なんかとは関係なく存在してるんだから！」

「…………」

この時、女房は酔っぱらっていたし、私も酔っぱらっている上に、眠剤を二錠、飲んでいた。

ここにあらためて広く訴えたいのだが、アルコールと眠剤の併用は、きわめて危険である。調べたわけではないが、自殺者の半分、いや三分の二くらいがアルコールと眠剤を併用しているのではあるまいか。この組み合わせは、最悪の副作用をもたらす。自分が何をやっているのか、分からなくなる。自分を失うのだ。そんなことを自分がしでかすわけがない、と思えるような奇行に走ってしまう。しかもそのことをすっかり忘れてしまうのだ。

記憶が飛ぶ——という現象は、はじめのうちこそ物珍しいが、段々怖くなってくるものだ。深夜、酔ってふっつり消えた記憶——その間に、私は奇妙な行動に出ていた。

「ごらんなさい、これ！　これ、あなたがやったのよ！」

ある朝、起き抜けに、女房にそう言われた。手渡されたのは、お徳用ネスカフェの瓶だった。ずっしりと重いので、開けてみると、口までいっぱいに水が入れてあった。

「昨日の夜、あなたが台所でお湯沸かして、そのインスタントコーヒーの瓶に直接だぼだぼお湯を注いだのよ！」

「そんな馬鹿なこと……するわけないだろ」

「あなた覚えてないのね。あたしの目の前でやったのよ！　あたし見てたのよ！」

「嘘だ！」

私は信じようとしなかった。だが、心の中では、青ざめていた。とうとう自分も狂ったのか？　そう思うと、気が気ではなかった。

二〇〇〇年というのは、私にとってキツい、試練の年だった。三年ほど前からこじれていた女の問題が、ここへきて慰謝料と養育費をよこせと訴えられ、月に一回は家庭裁判所に通った。気の休まる暇など、まったくない一年だった。

家庭裁判所のあの冷たい、人をよせつけない雰囲気。かちこちに凍り固まった空気の中で交わされる、感情を押し殺した会話。偶然にも女と同じ名前の女弁護士が出席して、女とは一度も顔を合わせなかった。何回めかの調停の時に、

「今日はお子さんもいらっしゃってますけど、お逢いになりますか?」

と訊かれたが、私は断った。

夏、DNA検査のために恵比寿のクリニックへ行った時も、同席した女弁護士に、

「赤ちゃんは今日、午前中に検査しましたから」

と言われて、何も言えなかった。

そして家に帰ると、女房の機嫌は悪い——当たり前だ。私が女房だったら、とっくに亭主を放り出している。自分が実家に帰るか、追い出すか。いずれにしても匙を投げていたに違いない。

それが分かっていたから、私は耐えた。女房の暴力や暴力的な言葉や、女からの責め苦に耐えた。もう死んだほうがましだと思えるほどの自己嫌悪にも耐えた。結果として、私の頭は、かなりおかしくなっていたらしい。

はじめは、夜眠れなくなった。いくら眠剤を飲んでも二、三時間夢うつつの状態に

なるだけだ。睡眠不足が慢性化してくると、自律神経がイカレる。人がいっぱいいる所、例えば電車に乗ったりすると、突然滝のように汗が流れてきて止まらない。その くせ夜は躯が冷えて、手先や足先が冷たくて眠れない。躯のだるさが病的になってきて、トイレにも行けない時がある。低気圧、つまり雨の日が最悪だ。低気圧が近づいてくると、頭が西の方から重くなってくる。その重ったるさは全身に広がり、手も脚も出なくなってしまう。だるくてだるくて、身動きもままならなくなってしまうのだ。

「ふう、ふう……」

そのだるさに耐えようと、私は喘ぎ声を上げた。声に出すと、いくらか楽なような気がしたからだ。ベッドサイドのテーブルの上に、女房が握ってくれたおにぎりが二つ置いてある。さっきからこれを。

「食べようかな……どうしようかな」

と一時間以上迷っている。鬱の特徴の一つとして、選択できなくなる、という症状がある。おにぎりを食べるか食べないかが、決められないのである。こんな時にレストランのメニューなんか見せられたら、三日くらい悩むだろう。食べ物だけではない。トイレに行くのだって、なかなか決心がつかずに、ぎりぎりまで我慢してしまう。誰か代わりにおしっこしてくれないかな……などと本気で考えているのだから、手に負えない。

こうして横になっている間に、鬱病患者はああでもないこうでもないと、死ぬ方法を考える。それこそ腹を切るとか熱湯地獄とか、荒唐無稽な死に方から、もっと身近で実行可能な方法まで。自殺志願者はたいてい考える時間だけはたっぷり持っているので、ありとあらゆる自殺方法をシミュレーションする。しかしだるくて動けないから、実行には移さない。死ぬのも面倒くさいのである。

危ないのは、このどん底のだるさから抜け出して、気分も少し上がり気味になった頃である。動けるようになるとたいていの人は、死ぬことなど考えなくなるものだが、中には、動けない時に考えたことを実行に移してしまう人もいる。その引き金を引くのが、眠剤とアルコールではないのかと、私は疑っている。いや、ほとんど確信している。

二〇〇〇年十二月二十一日の深夜二時半は、これらの諸条件が揃うタイミングだった。私は殺人的なだるさから脱し、動けるようになったばかりだった。そこへアルコールと眠剤二錠を飲んで、女房と口喧嘩したのである。何で頭に血がのぼったのかは

分からないが、かっとなった私は、

「分かった、もういい！　もう終わりにしてやる！」

そう叫んで、自分の部屋に閉じこもった。

書斎はコンクリート打ち放しの十畳で、窓際にはロフトが作り付けになった、凝った造りの部屋だった。入って左側の壁には、ロフトに上るための鉄製の梯子が設えてある。この梯子の上から三段めに革ベルトを巻いて、そこへ首を突っ込んで、足を梯子から外せば……と動けない時に考えた通りの行動を、私は実行しようとした。洋服タンスの中から、新しい茶色いベルトを取り出し、これを持って梯子を上る。上から三段めにベルトをかけ、金具部分が梯子に当たるように調節し、くるりと後ろを向いて、ベルトに首を引っ掛けた。

「こうだろう、こうするだろう、そして……」

梯子から足を外したとたんに、

「あッ！」

と目の前が真っ暗になった。

暗転、である。

次に目覚めた時、私は救急治療室のベッドの上にいた。女房や父母、妹までが、全員〈森の妖精〉みたいな緑色の服を着て、私を取り囲んでいる。

「何をふざけてるんだ?」

と言おうとしたら、声が出ない。見ると、口にも鼻にも腕にも何本ものチューブが挿入され、身動きできない状態だった。私は暴れそうになったが、はッと我にかえった。自分が首を吊りそこねて、こうなったのだということを思い出したからである。身動きがとれないことで、私は一瞬パニックに襲われた。そして身振り手振りで、書くものと紙をよこせとしきりに要求した。誰かが、サインペンと画用紙を用意して、おそるおそる渡してくれた。

「Kをよべ。カメラとらせろ」

かろうじて判別できる字で、そう書いた。こんな状態で何か書くというのは、珍しいことらしい。Kというのは、古い友人のカメラマンだ。彼を呼んで、自分の今のこの姿を撮ってもらいたい、と思ったらしい。珍しいシーンだから、記録しておけば、後で何かの役に立つのではないか、とでも思ったのだろう。

しかしその願いがかなうはずもなく、私の意識はまた朦朧としてきた。

次に目覚めた時、私は別の場所のベッドの上にいた。

数は減ったが、軀中の穴にチューブが挿入されて、首もがっちり固定されていた。

大きな病室を簡易な衝立で仕切っただけの空間――私の左右はクリーム色の衝立で仕切られ、その向こうに別の患者の気配がした。

救急治療室だ。

右の衝立の向こうには、おそらく初老の男が横たわって、苦しんでいた。

「うう〜ん、うう〜ん……」

男はうなっていた。

そのうなり声を聞きながら、私はまたうとうとした。

しばらくして、また目覚めると、右の衝立の向こうには何人もの人がいる気配がした。家族がベッドの周りに集まっているらしい。みんな泣いている。洟《はな》をすったり、嗚咽を漏らしたりしている。

男は死んだのだ。

私は今さっきまでうなっていた、男のうなり声を思い出していた。幾つだか知らないけど、まあ短くはなかった男の人生は、「ううーん」といううなり声で終わったのか——そう思うと、何か儚《はかな》い、滑稽な感じがした。

一方、左側の衝立の向こうには、事故で担ぎ込まれたらしい若者が横になって、苦しんでいた。運び込まれた当初は、麻酔が効いていたせいか、静かだったのだが、しばらくして私が目覚めてみると、左手の衝立の向こうから、

「痛いよ……痛い」

しきりに痛がる声がする。その声は延々と続き、私の気持を悪くした。またうつらうつらして、覚めてみると、彼女らしき若い女性の声がして、男を必死で励ましていた。

「痛いよ……痛いよアケミ」

「ジュンちゃん、しっかりして！　大丈夫よ！」

「痛いよ……痛いんだよアケミぃ」

「ジュンちゃん！　しっかり！　ジュンちゃん！」

「アケミ……痛いよ」

これがまた延々と続くのである。聞きたくなかったが、どうしても聞いてしまう。

気を右の方へやると、こちらはこちらで死んだ男を家族が取り囲んで、

「お父ちゃん！」

などと嘆いている。これまた耳をふさぎたくなるような愁嘆場である。

この二つの地獄絵図に挟まれて、首を固定された私は、覚めたり、また眠ったりした。

次に覚めた時、右手の衝立の向こう側の空気が変わっていた。人の気配が消え、しんとしている。誰もいないのかな、と思っていたら、しばらくして男の声が聞こえてきた。

「悪かった……悪かった」

男はしきりに詫びていた。意識朦朧とした中で、うわごとを漏らしているらしかった。

「おれが悪かった……悪かった」

それはあまりにも真に迫った声で、聞いているうちに同情しないではいられない。気の毒で気の毒で、涙が流れてくる。そしてそのうちに同調して、自分自身も「悪かった……悪かった」といろんなものに詫びている。女房に、子供たちに、父母に、妹

に、女に、私は詫びなければならないことが山ほどあった。

夜明け前、男のうわごとは、もう聞こえなかった。他所《よそ》へ移されたのだろうか。それとも、死んだのだろうか。分からない。

悪夢の中で、医師たちの会話が聞こえてくる。彼らは私の足元にいるので、姿は見えない。

「ちッ」

一人が舌打ちを漏らして、言った。

「こいつ、自分で死のうとしたらしいぜ……」

「命を粗末にしやがって」

「許せないな」

「まったくけしからん奴だ」

そんなことを言い交わしながら、二人は私の足の付け根から細長い糸のようなものを挿入した。その糸は血管の中を通って、首の付け根まで触手を伸ばす。しばらくして意識を集中すると、喉の悪い部分に向かってレーザーを照射されているように感じた。それは命を粗末にする馬鹿野郎にでも試してみるしかないような新しい、未知の治療法だったのではないか、と私は疑っている。

そんな悪夢のベッドから、壁際の衝立一枚のベッドに移ったのは、十二月二十三日のことだった。

このベッドに移ってからは、私の頭は大分はっきりしてきた。U字型のギブスで首はがっちり固定され、鼻の穴に二本のチューブ。右腕に点滴のチューブ。空いている左手でまさぐってみると、陰茎にカテーテルが突っ込んであった。それを確かめると同時に、私はぞっとした。痛くはないが、非常に気持悪い。それは、今までに味わったことのない感覚だった。

「いいですか、絶対に首を動かしちゃいけませんよ。MRIの検査が済むまでは、駄目です。下手に動かしたら、半身不随になることもあるんですからね。要注意です」

若い医師は怒ったようにそう言って、私を脅かした。白衣の胸に〈M〉と書いた名札をつけた若い看護婦が、医師の隣で静かにうなずいている。みんながみんな、怒っているように感じたのは、私の被害妄想だったのだろうか。

十二月二十四日、クリスマス・イブのベッドの中で、私はぼんやり考えていた。

「生きていることと死んでいることのどちらが不思議であるのだろうか？」

どう考えても、生きていることの方が不思議だ。一瞬の暗転——あれが死なのだとしたら、そこには何の不思議もない。人は死の間際に自分の一生を走馬灯のように思い巡らすというが、私の場合、何も思い浮かばなかった。神のような光もなかったし、三途の川も美しい花畑も見なかった。第一それらのことは、すべて生還した人が語ったことであり、死者の証言ではない。つまりその体験は生の側に属していて、それゆえにバラエティに富んでいる。その多様性こそが、生きていることの不思議さであるとも言えよう。それに比べると、死はひとつしかない。ひとつの死がじっと静かに存在し、まったく動かない。

そんなことを考えているところへ夕刻、女房が見舞いにきた。彼女はプレゼントの箱を携えていた。

「メリー・クリスマス」

女房はかすかに微笑んで、そう言った。

「これ、プレゼント……」

「ありがとう」

と答えてみると、ひどいがらがら声だったので、私はうろたえてしまった。

「喉、痛い？　大丈夫？」

「うん、大丈夫」

「プレゼント、あたし開けようか？　自分で開ける？」

私はもう点滴も鼻チューブもカテーテルも外していたが、素直に「頼むよ」と言った。

可動式の小机の上で女房は自分で持ってきたプレゼントの包みを開けた。カンペールというスペインのメーカーの革靴だった。思えば、同じメーカーのハイカットの革靴を買ったのは、三年前、女房と行ったパリの洒落た店だった。以来私はこのカンペールのハイカットをこよなく愛用してきたのだが、さすがに最近はくたびれてきていた。

「よく見つけたね」

としわがれ声で言うと、女房は嬉しそうに、

「そうでしょ。偉いでしょ。吉祥寺にあったの」

と早口で言うのだった。

「ずうっと履いてたやつ、結構くたびれていたから……いいでしょう？　どうお？　嬉しい？」

「嬉しい。ありがとう」

答えながら、そうか自分は靴も履かずにここへ担ぎ込まれたのだ、ということに気づいた。すると同時に、プレゼントに靴を贈ってくれた女房の気遣い、思いやりというものが伝わってきて、胸がじいんとした。ありがたいな、と素直に思った。

「早くこの靴履いて退院したい」

「そうねえ。でも焦っちゃだめよ」

「年内、出られるかな？」

「どうでしょ？　先生に訊いてみるけど、分からないわね」

「大丈夫そうだと思うんだけど」

「なあに？　首？」

「そう首」

「それはＭＲＩで検査してみてから。検査はいつ？　明日？」

「多分明日」

「じゃ、それが終わるまでは、とりあえず安静」

「うん……」

私は本当は女房に「どうやって助けたのだ？」と訊いてみたかったのだが、躊躇《ため》われて、どうしても訊けなかった。私を担ぎ上げて、ベルトから首を外したのか。あるいは咄嗟に机の上のペン立てにあったハサミを手に取り、ベルトを切ったのか。それを尋ねるのは簡単そうに思えて、実は難しいことだった。

「じゃあ、また明日……」

そう言って、女房は帰っていった。

私はあらためて箱から靴を取り出し、それを履いて歩いている自分を想像してみた。

翌十二月二十五日午後二時、私は車椅子に乗せられ、ＭＲＩの検査室へ運ばれた。厳重な扉を開けると、ドーム型の細長いベッドみたいな機械がある。患者はこの中に仰向けに寝る。ＳＦ映画の冬眠カプセルのような感じだ。

「ジッパー、ボタンなど金属製品はありませんね？」

スピーカーから技師の声がした。もう何度めか知れない。この装置の中に金属が入っていたら、よほど悲惨なことになるらしい。

「では、検査を開始します。しばらくすると『カン、カン』と音がします……もし気分が悪くなったりしたら、おっしゃってくださいね。よろしいですか？」

「はい」

目をつぶり、気を静めて待つ。と、頭の上の方から「カンカン」とも「トントン」ともつかぬ奇妙な音が近づいてくる。舌を上顎に当てて出す音にも似ている。音と同時に、軀の中をスキャンする光線みたいなものを浴びている。何かが、自分の肉体の中を精査しながら通り過ぎていく――それは気味の悪い体験だった。「もし気分が悪くなったりしたら」と言っていたが、今がその時ではなかろうか。などと思う間もなく検査は終わった。

受ける前はこわごわだったが、終わってみると、何だか少し腹立たしい気がした。痛くもない腹をさぐられた、とでも言うのだろうか――とにかく不快だった。

このMRIの検査結果は当日中に明らかになり、首は大丈夫という確認のもとに、治療が続けられた。

翌日二十六日に私は車椅子で精神科へ連れて行かれた。

現れたのは、四十代の女性精神科医だった。彼女はきれいなふくらはぎをしていて、足首が細かった。私が脚ばかり見ていると、彼女は居心地悪そうに脚を組み替えて言った。

「これまでの病歴をおうかがいしたいんですけど……」

「はい」

「精神科や心療内科にかかったことはありますか?」

「あります」

「最初はいつ?　どこの病院ですか?」

「一番最初は……四年前。埼玉県のM病院です」

「その時は、どういう症状で行かれたんですか?」

「症状って……まあ鬱だったんでしょう。何だか変だったんですよ、自分のテンションが。急に気分がふぁあと塞いできて、何もかも嫌になったり。あと……靴下が選べなくなったのには、驚いたな」

「靴下?」

「ある日ね、出かける前に靴下を選ぼうとしたら、どれにしたらいいのかよく分からなくて、選べないんですよ。どうしても選べないから、急遽外出取り止めにしました」

「それは……今も？」

「靴下ですか？　いや、今は選べますよ。選べると思うんですけど……いざ選ぶとなると、選べないかもしれません」

「結構ですよ。そんなに深く考えなくて結構です」

「そうですか」

「そのM病院は、ご自分で探して？」

「いいえ、知人の編集者の紹介でした」

「いかがでした？」

「いかがと言われても……」

私は思い出していた。M病院の中に漂っていた、あのきわどい雰囲気――院内ですれ違う誰も彼もが、狂った気配を発している。医者と患者の区別すら、曖昧なのだ。番号順に診察室を回っていくと、ある受付は無人で、壁にボタンが一つついていた。

ところが近づいてみると、そのボタンの周りには上下左右に四枚、張り紙がしてあった。

〈ボタンは一度だけ押すこと〉

〈何度も押すな〉

〈ボタンを押すのは一度だけ〉

〈二度三度ボタン押すのは間違った人〉

これらはすべて患者ではなく、医療側の人間が書いたものである。にもかかわらず、その執拗さにはどこか狂気が感じられる。それとも、こんなふうに書かれるとかえって二度三度押してみたくなる私の方が狂っているのか。

それから外の喫煙所で会った人たちも、強烈な印象を与える人ばかりだった。まず喫煙所へ向かう途中で追い越したのが、超スローモーで移動する女性だ。彼女はどれくらいゆっくり動けるかに挑戦しているかのような動きぶりなのである。先に喫煙所に着いて、振り返ってみてはじめてそのことに気づいた私は、世の中にこんなにゆっくり歩く人があるものか、と感心した。

一方、喫煙所には、さっきから嘆いているおばあさんがいた。何を嘆いているのだか、最初は分からない。でも耳を傾けているうちに、段々と分かってくる。おばあさんはこんなことを言っている。

「ひどいのよ、ひどいの。私のとこだけ！　下げてくれないのよ、器！　ラーメン屋さんがねえ、いじわるして、私のとこだけ、出前の器を下げてくれないのよ。ひどい！　ひどいわ……どうして私のとこだけ！　器下げてくれないの！」

耳を傾けなければよかった、と私は思った。

ゆっくり移動する女性を見ると、さっきとほとんど変わらない位置で、ゆっくりと接近中だった。

その背後から突然、つむじ風のように中年男が登場した。一秒たりともじっとしていられないハイ・テンション。横山やすしを45回転で動かしたらこうなるのではないか、と思われる威勢のいい歩きっぷりでやって来たのは、どこからどう見ても躁病の男だった。

「おばあちゃん、何泣いてまんの？　煙草タバコ煙草……ちょっと待ってな、おばあちゃん。先に煙草や煙草……すぅーって、コラ！　火がついてないでしょ！　火や火！」

男はおばあちゃんに一言も喋らせず、一人で喋り、一人でふざけ、一人でウケているのだった。

煙草に火をつけて吸う時だけ、彼は黙るのだった。口先がチュウーと音を立てるほど強く吸っている。見ると火先がちりちりと音を立てながら、みるみる短くなっていく。一服で、こんなに大量の煙を吸う人は初めて見た。

「みんなスゲえ……」

というのが、正直な感想だった。自分みたいな新米の気違いが、何か勘違いしてこんなとこに来ちゃって、申し訳ありません、と私は謝りたい気持だった。この時点で、私の生っちょろい鬱など、どこかへ吹き飛んでいた。

そんなこんなの経緯を手短かに話すと、女医は時々くすくす笑いながら、メモを取るのだった。

「その時、処方されたのは、おそらくリタリン……」

女医は、独り言のように呟いた。

「でも現在は、鬱病患者にはあまり処方してません。ナルコレプシーや一部の分裂症だったら……」

その可愛い唇が口にしたかと思うと、「ナルコレプシー」とか「リタリン」とかいう言葉までが、エロティックに思えてくる。

「あれ？」

と思ったとたんに、私の陰茎は激しく勃起した。しかも乱れた浴衣の前をはだけて、むき身で女医の目の前に屹立《きつりつ》してしまった。私自身、呆気にとられて見ていると、続いて局部に猛烈な尿意を催してきた。うわッと声を上げてしまうほどの尿意だ。

「あ……トイレ……」

と言った時には、もう発射していた。蛇口を盛大に開けたかのような勢いで、小便をしてしまったのである。

「すいません……あッあああ……」

小便はなかなか止まらない。最初は詫びながら漏らしていたのだが、途中からどうでもよくなり、どうでもよくなってみると、それは快感を伴う行為に他ならなかった。放尿がこんなにも気持いいとは思わなかった。しかも私の放った小便は、パソコンをかばう精神科女医のふくらはぎや足首を濡らしているのだ——こんなエロティックな構図があるだろうか。小便の終盤、私はイッた。

「あッ……あああう……」

それは、今までに味わったことのない快感だった。あんまりよかったので、私はしばらく抜け殻のようになった。その間、二人の看護士が入ってきて、私の身の周りを手早く掃除すると、車椅子を押して、風呂に連れていってくれた。

私は恥ずかしくて、ずっと気を失っているふりをしていた。

やがて新しいシーツのベッドの中に帰ると、私はようやく気を失っているふりを止《や》めた。そしてあらためてこう思った。

やはり生きているというのは、こんなにも不思議だ。こんなふうになるなんて、昨日まで夢にも思わなかった。それを言うと、ここのところ「夢にも思わなかった」ことの連続だ。二十世紀が終わる間際になって、何なのだこの展開は？　それとも夢にも思わなかったことの連続が、生きているということなのだろうか。

枕元には、女房のくれたプレゼントの箱が置いてあった。蓋を開けると、新しい革の匂いがした。靴を取り出して、胸の上に乗せる。その重みは、生きている実感とどこか似ていた。

○

クラクションが鳴った。前を行く車も対向車もない。注意を喚起するためではなく、景気づけのような調子である。

タイ北部の密林を走る一本道だ。

クラクションを鳴らしたのは、タイ人青年の運転手だ。後部座席からは、その表情を窺い知ることはできない。五分ほど走ると、また同じ調子でクラクションを鳴らす。これでもう四度めだ。一体何のために？　首をかしげていると、助手席のガイドのDさんが、肩越しに振り返って言った。

「このへんはお寺がたくさんあるんですよ」

「お寺？　仏教のですか？」

「そう。彼は仏教徒だから、まあお祈り代わりにクラクションを鳴らすんでしょう」

「それはまた……けたたましいお祈りですね」

そう言っている間に、またクラクションが鳴った。密林の中に目を凝らすが、寺院らしき建物の姿は見えない。亜熱帯の深い緑が、鬱蒼と続くばかりだ。

一九九七年の夏のことだ。

私は某放送局の依頼でアフリカ、ヨーロッパ、アジアの戦争の傷跡を追って旅していた。約ひと月にわたる取材旅行も、ようやく終わりに近づいていた。カメラマン、音声、ディレクター、そして私の一行は、いずれも疲れ切っていて、無口だった。

クラクションの音を聞きながら、私は前日まで取材していた、カレン族の難民キャンプの様子を思い出していた。

カレン族というのは、タイとミャンマーの国境近辺の森に暮らす少数民族だ。ミャンマーからは出ていけと攻められ、タイからは入ってくるなと言われて、仕方なく国境沿いの小さな難民キャンプに閉じ込められている。そうやって、滅びるのを待つばかりなのだ——それは、長い死刑を受けているようなものではないか。成人男性の多くは兵士となり、ミャンマーの軍隊と闘っているのだが、その戦闘は実に五十年近くも続いているという。私たちが取材に訪れた際も、つい三日ほど前にキャンプの一部が焼き討ちにあったと言っていた。キャンプの入り口にはタイ軍の兵士が二人、機関銃を持って歩哨に立っていたが、彼らは外敵から守るためではなく、カレン族がそこから逃げ出さないように見張っているだけだ。タイ、ミャンマー両政府の狙いは、カレン族が点在する広大な密林に生える木材、ローズウッドだという。

難民キャンプ内は、どこもかしこも水びたしだった。前日の豪雨で洪水が押し寄せ、何軒かの家が流されたという。実に過酷な土地だ。近辺には、野生の象やワニが棲息している。キャンプ内を猛スピードで走り回るニワトリの姿も、鳥というよりも恐竜に似ていた。同様に、人々の暮らしもごく原始的なものだった。高床式の粗末な小屋の屋根はヤシの葉で葺《ふ》いてあり、室内を覗き込むと、ありとあらゆる小物が紐でくくられ、天井からぶら下げてある。食器も食材も雑貨も石鹼も箒《ほうき》も、すべてが天井からぶら下がっていた。水で流されてしまわないように、そうしてあるのだろう。宙ぶらりん――それはカレン族自身の状態を表しているように思えた。

「ここ、不思議な坂なんですよ……」

ガイドのDさんの声で、私は目覚めた。いつのまにかうつらうつらしていたらしい。窓外に目をやると、車は密林を抜け、ひらけた場所に出ていた。坂の上だ。道は結構な勾配でまっすぐに下っている。

「ピサウォン坂っていうんですけどね。これ、下ってますよね？」

車内の誰もが、きょとんとした顔で互いを見つめ交わした。Dさんの命令で、車はゆっくりと坂を下っていく。やがて坂の途中で、ざるに盛ったとうもろこしを売っている現地人の姿が見えてくる。おばさん一人と子供が四人。みんなにこにこしてこちらの様子を窺っている。彼らの前で車を停めるように、とDさんは言った。

「坂、下ってますよね?」

念を押されて、私はカップホルダーに立ててあるペットボトルの水面を確かめた。半分ほど飲んであるのだが、水平ならば円形であるはずの水面が、前に傾いて楕円形を描いている。坂が下っている証拠だ。しかしそんなことを確かめる以前に、私たちの肉体が明らかな前傾を体感していた。

「いいですか? じゃあブレーキ離してみて」

Dさんが命じた。するとひと間おいて、車はじりじりと後退し始めた。つまり、坂を上り始めたのだ。しかも徐々に加速度を増して後退し続ける。これは驚きだった。

「不思議でしょう? じゃあ、もう一回」

Dさんは嬉しそうに言った。坂を下るためには、アクセルをふかさなければならない。とうもろこし売りのいる地点まで戻って、またブレーキを離す。と、やはり車はじりじりと後退して、坂を上り始めるのだ。どうなっているのだ？　どうしても納得がいかず、三回試してみたが、結果は同じだった。

「ボールを転がしても、やっぱり坂を上っていっちゃうんですよね。不思議でしょう？」

「どうしてこんな……」

「それが分からないんですよ。最近、フランスだかイギリスだかの科学者のチームが来て、ちゃんと調査したらしいんですけど、何も分からなかったそうです。あ、とうもろこし食べます？」

Dさんは答えを待たずに、車から降りていった。私も好奇心にかられて、外へ出てみた。道の真ん中に立って、目をつぶってみる。すると肉体はやや前傾して、どうしてもそこが下り坂であることを感じてしまうのだ。

気前よく何本ものとうもろこしを買うDさんを見て、なるほどなと私は思った。通りがかる車が、みんな坂の途中で停車し、同じことを試すのだ。だからとうもろこし売りのおばさんはその位置に座って、商売を成り立たせているのだろう。

下っているのに、上り坂——まるで禅問答だ。

私は周囲の密林の中に点在する幾多の寺院に思いを馳せ、何か敬虔な気持になった。だからその場で軽く合掌し、車に乗り込んだ。すぐに車は発進した。振り向くと、とうもろこし売りの子供たちが、手を振っている。その姿は段々小さくなり、やがて見えなくなった。

雨が降ってきた。大粒の激しい雨だ。

タイとラオスの国境――メコン川のほとりの道を私たちは小走りで急いだ。

「できるだけ道の真ん中を行ってください。端っこにはコブラがいますから!」

前を行くT君が、大声でそう言った。が、その声も雨音にかき消されて、ほとんど聞き取れない。T君は歩を速め、すぐ先に建つプレハブの二階家に飛び込んだ。私たちもその後に続く。ほんの一、二分の間に、ずぶ濡れになってしまった。

がらんとした、殺風景な部屋だ。事務机とパイプ椅子、テレビとビデオデッキ、ファックス。あるのはそれだけだ。

「ええと……タオルは……」

T君が事務机の引き出しを開けると、中にはナタのような大きさのサバイバルナイフが一丁、ごろりと転がっていた。目にしたとたん、全員がはっとした。実戦で使ったナイフか？　と誰もが思ったのだ。T君はその気配を察し、すぐに引き出しを閉ざしながら、

「最近、この辺泥棒が多いんですよね」

と低い声で言った。

事前に渡された資料によると、T君は傭兵である。今までに参戦したのは、アフガニスタン、カレン族、ボスニア。いずれも反政府側のゲリラ軍に傭われて、最前線で闘ってきたのだという。

「いや、傭われて、というのはちょっと違うんですよね」

とT君は反駁《はんばく》する。

「傭兵っていうと、傭われた兵隊ってみんな思うんでしょうけど、別に給料もらって戦争するわけじゃないんですよ」

「そうなの？　大金がもらえるんじゃないの？」

「違いますよ。戦地までの渡航費だって、自腹ですよ」

「それは君だけじゃなくて、傭兵はみんなそうなの？」

「そうですよ」

「どうして？　じゃあ何故、命かけるの？」

「好きだからですよ。みんな好きで戦争やるんですよ」

「好きで……」

人を殺すのが？　と口にしそうになって、私はあわてて言葉を飲み込んだ。今さっき目にしたサバイバルナイフが浮かんでくる。あれで一体何人殺したのだ？　訊いてみたいのはそのことだが、もちろん口にすることはできない。

T君は三十四歳で、背はそれほど高くないが、がっしりしたレスラーのような体格をしている。表情は温和で、一見どこにでもいそうな日本人青年だが、目が違う。こちらをじっと見据えてくる時、その瞳には殺気が宿っている。いわゆる眼力《めぢから》がおそろしく強いのだ。

「それは……戦場にいる時の緊張感とか、生きている実感とか、そういうのが好きなの？」

「うーん、そうですねえ……そういうのが好きなんでしょうねえ。それだけじゃないだろうけど、よく分かりません。どうして戦争が好きなのかなんて、考えてみたこともなかったな」

T君はそう言って、不敵な笑みを浮かべた。どうせあんたなんかには分からないよ、という意味を含んだ笑いだった。私は言葉を失った。沈黙すると、急に雨音が身に迫ってくる。

「そうだ、二階も見ますか？」

私にではなく、ディレクターに向かってT君が言った。

「いいんですか？」

「もちろん。どうぞ……」

結局タオルは見つからず、私たちは濡れた軀のままT君の後について階段を上った。裸電球が一個灯った二階の部屋は、十二畳ほどの板の間だった。一階と同じく、がらんとしていて、家具というものが一つもない。突き当りと右手奥にある二つの窓には、内側から板が打ち付けてあって、外光を遮断している。右手の所々漆喰の剝げた壁には、三着の戦闘服がぶら下げてあった。色褪せたアーミーグリーンの戦闘服と、灰色と黒の迷彩服、緑と黒と茶の迷彩服。いずれもかなり使い込んだものだが、ぶら下がっている様子は、兵士の抜け殻のように見えた。奥へ進むと、左手の壁際に大きなアーミーグリーンのリュックサックが置いてあった。弾けそうなほどぱんぱんに膨らんでいて、いかにも重そうだ。

「今、すぐにでも戦場へ出かけられるように、必要な装備はこうして準備してあるんです」

「銃とかも入ってるの？」

「いや、兵器は基本的に現地調達で」

「ちょっと持ってみてもいいかい？」

「いいですよ」

含み笑いでそう言われて、持とうとしてみたが、とても片手で持ち上がる重量ではない。背負おうとしても、多分立ち上がれないだろう。私が悪戦苦闘していると、T君はおどけた口調で、

「そうだ、銃器はないけど、手榴弾が何個か入ってます」

「おいおい、勘弁してくれよ」

私はリュックをそっと置いて、一、三歩後ずさった。

「嘘ですよ」

T君は無邪気な笑い声を立てた。

雨音が激しくなった。二階に上がったせいもあろうが、殺人的な降り方だ。いつもこんなふうなのかと尋ねると、今は雨季だからこれでも弱い方だという。

「メコン川、大丈夫なのかい？」

「いや、大丈夫じゃないですよ。しょっちゅう氾濫して、大変な騒ぎですよ。でもこっち岸はね、まあ一階が水没するくらいなんですけど、向こう岸は地獄ですよ」

向こう岸というのはラオスだ。一晩で六メートルも水位の上がる豪雨が降るのだという。氾濫した川の水で何もかも押し流されてしまうから、ラオス側の人々の多くは家を持たない。できるだけ大きな樹の根方で暮らし、雨が降ってきたら樹に昇る。しかしそうやって避難するのは、人間だけではない。

「樹の枝かと思って摑んだらコブラだった、なんてことがよくあるんですよ。大人はまあ慣れてるから、それなりに用心するんですけど、子供がねえ……」

T君は目を伏せた。何かを思い出しているような顔つきだ。それを見て、私はあわてて話題を変えた。

「T君自身は、どういう子供だったの？」

「子供の時ですか……普通の子供ですよ。いや、普通じゃないか。遊ぶといったら戦争ごっこ、読むのは戦記もの、作るのは戦車や戦闘機でしたからね」

「小さい時から戦争好きだったんだ？」

「そうですね。好きっていうか、憧れてました。兵士というものにね」

「それは、強さに憧れてたってこと？」

「男らしさに、ですね。弱きを助け、強きをくじくってやつです。それが一番男らしい生き方だと」

T君が口にする〈男〉という言葉には、独特の重みがあった。それはすなわち〈男の中の男〉を表しているように思えた。私は資料に目を落としながら訊いた。

「じゃあ、高校出て自衛隊に入隊したのは、ごく自然な流れだったわけだね」

「ええ。中学生の頃からもう決めてました。銃器を扱ったり、戦艦や戦闘機を操ったりできるのは、日本じゃ自衛隊だけですから……だけど、期待していたぶんだけ失望も大きかった」

「思っていたのと違った？」

「全然別物でした。軟弱でね。同僚も上官も女の腐ったような奴ばかり。闘う気なんて、これっぽっちもないんですから。男がいないんですよ。むしろ女の自衛官の方が男っぽかったりしてね」

「平和ボケってやつか……」

「ボケじゃなくてバカですよ。口を開けば愚痴か泣き言。卑怯、未練な奴ばかりで、二十代三十代で老後のことなんか考えてるんですから、お話になりませんよ」

「じゃあ、すぐ嫌になった？」

「嫌になりましたね。ただ訓練は楽しかったし、自分は空自に入って、ジェット戦闘機の操縦ができるようになりたかったものですから、それまでの辛抱だと」

「我慢して訓練に努めたわけだ。で、飛行機の免許を取得してから、辞めたの？」

「いいえ。訓練中に背中を怪我しましてね、飛行幹部候補生を罷免されました。配置転換を命じられて、残る手もあったんですが、もう嫌気がさしてましたからね。自分から望んで、積極的に除隊しました。何の未練もなかったですね」

「そうか……」

雨音が一際激しくなった。音声マンがディレクターに目配せをする。録音状態に問題があるのだろう。それに閉めきった二階の部屋は、ひどく蒸し暑い。

「下へ行きましょうか」

それと察したT君が、そう言って先に階段を下りていく。私たちはほっとして、後に続いた。しばらく呼吸をするのも忘れていたかのように思えた。

一階の部屋は、二階に比べればずっと涼しく感じられた。私は何度か深呼吸をしてから、床に胡座《あぐら》をかいて座り込んだ。尻がひんやりと心地よかった。T君はどこから か四角い缶箱を持ってきて、ディレクターに手渡した。蓋を開けると、中には何十枚かの写真が、乱雑に入っていた。

「ほとんどアフガニスタンの写真です」

T君が言った。

「初めてだったから、面白がってたくさん撮ったんですよ」

見ると、どの写真も背景は黄土色の砂漠だった。機関銃を手に、ポーズをキメるアフガニスタンのゲリラ兵たち。前線からはよほど離れた場所なのだろう、誰もが屈託のない笑顔だ。何枚かには、T君の姿も写っている。戦闘服ではなく、現地人と同じアラブ風の衣装に黒いターバンを巻いている。陽に焼けて、口髭をたくわえたその顔は、精悍な兵士そのものだ。

「これは何年のこと？」

「八八年ですね。自衛隊を除隊した直後です」

「何故アフガニスタンだったの？」

「そりゃあ、大義があったからですよ。いきなり侵攻しやがって、ソ連許せん、と。先の大戦の時だって、中立条約を一方的に破って満州に侵攻したでしょう。あいつら基本的に卑怯なんですよ」

「義憤にかられたってわけか」

「そうですね。まあ除隊したタイミングとも合ってましたしね。ツテをたどって、ムジャヒディンの一派に紹介してもらったんです。鉢巻締めて『死んできます！』って感じで日本を飛び出しました」

「無茶だなあ」

「無茶ですよ。本当に死ぬ気でしたからね。成田を発つ時から、もうテンパってました。だから飛行機の中のこととか、空港に迎えに来た奴のこととか、何も覚えてません。気がついたら、砂漠のど真ん中の野営地にいたって感じです。言葉が分からないから、入隊の手続きなんかが面倒だなと思っていたんですけど、そんなもの一切なし。小隊長が出てきて、握手して、はい入隊完了。即、最前線に連れて行かれて、塹壕の中で機関銃ぶっ放してましたね」

「そういうものなのか……」

「そういうものなんです。戦争ですからね」

「怖がる暇もないね」

「ありません。特に初戦はね。頭に血が昇って、かっとなって、盲滅法に撃ちまくるだけです。だけどその夜、野営地に帰ってきて寝袋に入ると、急に恐怖がこみ上げてくるんです。怖くて怖くて、全身ががたがた震えが止まらないんです」

「それは……人を殺してしまったという怖さ？」

「それもあります。不思議なもので、致命傷を与えた銃弾の手応えっていうのがあるんです。あ、今の弾は当たった、殺したなって。でもそれは恐怖じゃなくて、安堵に近いものです。初戦の夜に襲ってくる恐怖というのは、多分その逆を考えるからじゃないかな」

「逆っていうと？」

「つまり……自分が撃たれて死んでいたかもしれないんだって考えるわけですよ。

相手を殺したから、今自分は生きてるんだ。自分が死んでたら、相手は今頃生きてたんだ。そんなことを延々と考えていると、怖くて軀が震えてくるんです。もちろん一睡もできませんよ。朝になって、さあ前線に行くぞって言われても、怖くて動けない。『ちょっと具合が悪いから休ませてくれ』って泣きを入れると、大笑いされてね。『初戦の翌日はみんなそうなるんだ』と言って、無理やり最前線へ連れて行かれるんです。だから二戦めは、一発も撃たなかった……で、野営地に帰ると、またがたがた震えて眠れない。朝がくるのが怖くてたまらない。その繰り返しです」

「逃げようとは思わなかったの？」

「だって砂漠のど真ん中ですよ。しかもそこらじゅうに敵がいるんですからね。生きるためには闘うしかないんです。それが分かってくると、もう怖くなりました。肚が据わった、と言うか麻痺してきたんでしょうね」

「その戦闘が続いたのは、どれくらいの期間？」

「一年弱でしたかね。自分が参戦して間もなく、ソ連の撤退が始まりましたから。後半はもう内戦でね」

「内戦ていうと？」

「アフガニスタン兵同士の抗争です。仲間同士の殺し合いですよ。スンニ派とシーア派に分かれてね。こうなるともう大義も正義もありゃしない——やってらんねえやと思って、一旦帰国しました」

言い終わるとT君は立ち上がり、台所へ消えた。ガラスの触れ合う音がして、瓶コーラを手に戻ってくる。机の角を使って栓を開け、私たちに手渡してくれた。瓶の側面にはタイ語が並んでいて、何か禍々しい飲み物のように思えた。それを飲みながら手元の資料に目を走らせると、こうあった。

〈九〇年代に入り、活動の拠点を東南アジアに移す。カレン民族解放軍に加わり、ビルマ(現ミャンマー)からの独立戦争に参戦。九四年から九五年にかけてはクロアチア傭兵部隊『ビッグ・エレファント』の一員として、ボスニア・ヘルツェゴビナ紛争に参戦。一旦帰国後、再びカレン民族解放軍に参加〉

いつのまにか雨音が消えていた。西側の窓から、薄日が射し込んでいた。煙草に火をつける。煙を吐き出しながら、私は訊いた。

「戦場から日本に戻ってみて、どうだった？　やっぱり物足りなかった？」

「そうですね。物足りないっていうか、物悲しい感じがしましたね。何かこう、すかすかで。生きてるんじゃなくて、死んでないだけの奴らが、空騒ぎしてる――そんな感じですかね」

「じゃあ、すぐに日本を出た？」

「すぐじゃあないけど……半年くらい日本でくすぶってましたよ」

「半年後には日本を出たんだ。で、そのまま直接カレン族の戦争に参戦したの？」

「いや。まずタイに入って、今より少し南へ下ったところに、部屋を借りましてね。そこを根城にして、また『ミャンマー許せん！』という義憤にかられて出発しました」

「カレン族の戦場は、アフガニスタンの戦場とは違った？」

「カレン族の場合は森の中が戦場でしたから、砂漠とは大分違った環境でしたけど、まあ戦争ですからね――やることは同じ、闘いですよ。戦争はねえ……何でもありですよ。卑怯もへったくれもなくて、生き残るために闘うしかないんですよ」

「ビデオがあるんですよね？」

脇あいからディレクターが口をはさんだ。

「ああ、見ます？　首切りのビデオ」

そう言ってT君は立ち上がり、VHSのビデオを二本、手にしてかざして見せた。

「何だよ、首切りって?」

ディレクターを見ると、渋い顔をして首を横に振っていた。見ないほうがいい、と瞳が語っていた。

「僕は結構。遠慮するよ」

自分としては精一杯毅然とした声で断った。それから私は溜息まじりにこう言った。

「どうしてそんなビデオを撮るのかね……」

「復讐ですよ。先にミャンマー軍のほうが、カレン兵の捕虜の首切りビデオを撮って、公開したんですよ。だからこっちもミャンマー兵の捕虜の首切りビデオを撮って、送りつけてやったんです……カレン軍、圧倒的に劣勢なんですよ」

「だからといって僕は見ないよ」

ぬるいコーラを一口飲んで、私はテレビに背を向けた。

「まあ、そうですね。見ないほうがいいですよね。メシ食えなくなるかもしれないですもんね。じゃあ、こっち見ましょう、『爆破大作戦』。これは一緒にカレンに参戦した日本人の傭兵仲間と、二人で撮ったものなんですけど……まあ、見れば分かります」

T君はそう言って、ビデオデッキにVHSカセットを挿入した。テレビを点け、チャンネルを2に合わせる。画面には、戦闘服にヘルメットを被ったT君が写った。軍隊式にサッと敬礼して、きびきびした口調で、こう言う。

「歩兵第7部隊T上等兵であります！　只今〇六〇〇、これより爆破大作戦！　最前線へ向かいます！」

手書きの下手くそな字で『爆破大作戦』とスーパーが入る。

でかいリュックを背負って、行軍するT君の姿が、次々と映し出される。男性コーラスで、軍歌らしき唄がハミングで歌われる。ジャングルの中を行軍するT君、渓流を行軍するT君、崖みたいなところを行軍するT君。やがて画面は真っ暗になり、闇の中にこそこそ囁くT君の声がする。

「只今〇一〇〇。最前線に到着しました。敵は約三百メートル先の林の中で野営しております」

画面が揺れて、違う闇が映し出される。月明かりに照らされた木立の影が、黒々と見えてくる。

く。

「これより爆薬のセッティングに行ってまいります」

闇の中にT君の囁き声が響く。ややあってから匍匐《ほふく》前進する音が闇の中に消えてゆく。

夜明け前だ。木立の背景をなす空が刻々と明るくなっていく。画面の隅にT君の顔が覗く。カメラのマイク部分に口を寄せて、耳打ちするように囁く。

「〇三〇〇、爆薬セッティング完了。只今〇五五〇、敵が動き出しました」

目を凝らすと、薄明の中、懐中電灯の灯りがちらちら見える。蛍みたいだ。

「接近中。只今の距離二百メートル。まだよ……まだまだ」

T君は双眼鏡に目を当て、指示を出す。爆破スイッチを押すのは、別の兵士らしい。

「まだよ……まだよ」

静けさが辺りを支配する。長い間だ。まだかまだかとじりじりして待つ。と、不意にT君が大声を上げた。

「てえーー！」

ドッカーン！

轟音が響いて、画面がぐらぐら揺れた。大爆発である。爆風で、何かがカメラの目の前まで吹き飛ばされてきた。どさッと音を立てて草むらに降ってきたのは、掌だった。小指と薬指がちぎれて失くなっているが、人間の掌だ。

「大成功です！」

T君が叫び、周りからも歓喜の声が上がる。味方の兵士が何十人もいるらしい。

そこでテープは終わっていた。

誰もが言葉を失って、唖然としていた。そんな私たちの顔色を確かめて、T君はどこか自虐的な笑みを浮かべていた。

「……すごい威力なんだな」

ビデオでこの迫力なのだから、生で体験した時の迫力はいかばかりか。と、私は恐ろしくなった。

「参戦して、最初の頃は、他に二人、日本人の傭兵がいましたから、色々と作戦立てて、色々とやりましたね。森の中のゲリラ戦ですからねえ、嬉々として闘ってましたね……でも半年くらいして、Kっていう日本兵が地雷踏んで死んでからは、慎重に闘うようになりましたね」

T君は真摯な顔つきになって、そう言った。

「……この九四年のボスニア・ヘルツェゴビナ紛争に参戦したのは……やっぱり義憤にかられて？」

大分時間が経ってから、私は尋ねた。T君はしばらく考えていたが、やがてまっすぐこちらを見ながら答えた。

「はい、そうです。『セルビア人許せん！』というのがあって、傭兵部隊に参加しました」

「傭兵部隊っていうのは？」

「世界各国から集まった戦争好きの傭兵部隊です。多い時で、三十人くらいいたかな。この三十人で、ボスニアの小さな村を守ったんですよね。村民？　二百人くらいかな。もちろんこっち側も被害甚大でした。民間人もかなりやられたし、傭兵も十人以上は死んだな……」

「そういう時、戦友が死んだ時は、何か特別なことはしないの？」

「死んだ時？　別に何もしませんよ。夜、バーに集まって『いい奴だったな、乾杯』ってビール飲んで、終わりですよ。次の日はもう忘れて、最前線で闘うだけです。死んで悲しいとか、そんな気持を引きずっていたら、戦場には立てません……そういえばフランス人の兄弟の傭兵がいましてね、弟の方が目の前で爆死したんですよ。その後、生き残った兄貴はぼうっとして元気を失くしてしまって……結局郷里のフランスに帰りましたね」

T君は立ち上がり、「出ましょうか」と言った。雨はすっかり止んでいる。室内はむっと蒸し暑かったので、皆ほっとして、後に続いた。

外は、雨上がりのいい匂いがした。目の前の細道は下り坂だ。しばらく下るとメコン川に突き当たる。そこに高いコンクリートの堤が築かれている。なるほど、だからタイ側にはあまり水が来ないのだ。

「うわあッ！」

私は声を上げた。

ものすごい夕焼け空だった。見たこともない巨大な茜雲が、メコン川の上空に浮かんでいる。満々と水をたたえたメコン川の向こう岸には、案の定堤はない。密林の際まで水に浸かって、時折、かなりの大木が折れて、押し流されてゆく。

私は口を開いて、その壮大な夕景をただ眺めていた。しばらくの間、誰も、何も言わなかった。

いい風が吹いてきた。私は風上に顔を晒しながら、ぽつりと問いかけた。

「T君にとって、平和ってどういうこと?」

「平和ですか……」

T君は、さあねと考え込み、

「……明日がある、ってことじゃないですかね」

と答えた。

〇

S君のところに赤ちゃんが生まれたのは、去年の三月のことだった。
二、三日して報せがあった。S君の声は明るく、弾んでいた。
「生まれました。女の子です!」

「そうかあ、おめでとう! よかったねえ、いつ生まれたの?」

「三月三日です、ちょうど雛祭り生まれです」

「いいじゃない。おれんとこの娘、三月二日生まれだから」

「マジすか？　お幾つですか？」

「二十……六、五かな。もうすっかり女の人だよ。いいなあ、赤ちゃん。生まれてはまだホニョホニョで、猿みたいで、ちっちゃいんだよなあ。可愛いだろう？」

「チョー可愛いすねえ」

「名前は？」

「Nちゃんです」

「Nちゃんか、いいね。お母さんのTちゃんは？　母子ともに健康？」

「ばっちりです」

「よかったなあ。おめでとう」

それから二日ほどして、私は大久保駅でS君と待ち合わせて、Tちゃんと赤ちゃんのNちゃんを見舞いにいった。大きい病院の産婦人科だった。私はS君にならって、手を洗い、アルコール消毒し、うがいを済ませてから、Nちゃんと対面した。

「どうぞ、抱いてやってください」

とTちゃんにそうっと手渡された、その小さな赤ちゃんの重み――それは美しい手応えのある重みだった――命そのものを抱いているような気がした。か弱すぎて、ぎゅっと抱きしめたりなんかできない。ぎこちなく、そうっと胸に抱く。命の、いい匂いがした。私はうっとりとなった。

あの日から、ちょうど一年が過ぎて、Nちゃんは一歳の誕生日を迎えた。

「おめでとう!」

と当日に電話を入れ、翌週私はS君の家を訪ねた。寒風吹きすさぶ日だったが、私の胸は躍っていた。

手ぶらというのも何だから、まず渋谷に出て、東横のれん街を見て回った。洋菓子……高い。却下。紅白縁のおまんじゅう……一歳の赤ちゃんは、はたして餅とか食べるのだろうか? 多分、無理だな。ということは……などと考えながら食品街をうろうろする。そのうちに目に止まったのが、長崎福砂屋の『手作りモナカ八個入り』であった。モナカの皮と、中に入れる餡が別々になっている。付属の木のへらで餡をしゃくって、皮に詰めて食べるようになっている。これなら一歳の赤ちゃんでも、イケるだろう。モナカの皮だけあげればいい。

「これください」

私はショーケースの中の『手作りモナカ八個入り』を指して言った。

「お誕生日なので、お祝いのシールか何か貼ってもらえますか」

「はい、かしこまりました」

女店員は意外そうな顔をした。誕生日にモナカ……あんまりないのだろうか。

「赤と緑と二種類ございます。どちらになさいますか？」

「んーと、赤にしてください」

「かしこまりました」

何だかすごくいい買い物をしたような気がして、私はＪＲの改札をくぐった。

Ｓ君とはもう十年以上前からのつきあいだ。最初会った時、彼はまだ二十四、五歳だったと思う。役者のＯさんの紹介で、

「セーネン」

と呼ばれていた。私は四十二、三だった。面白い奴だな、と思ったのは、将来何になりたいのか訊いてからだ。

「花火師なんかいいすねえ」

Ｓ君はそう答えたのである。へえ！　面白いもの目指してるじゃないか——と私は嬉しくなってしまった。自分よりずっと年下だけど、かっこいいな、と思ったので

ある。

話を聞いてみると、S君はやっぱり面白い奴だった。まず第一に彼は帰国子女で、日本語よりも流暢に英語を操る。「ヘイ、メーン!」とか、普通に口をついて出るのだから驚きだ。聞けば小学生の時から中学の途中までをスウェーデンで、中学から高校をイギリスで過ごしたのだという。英語は彼にとってほとんど母国語なのである。

駒場にある彼の部屋に初めて訪れた時、私はいろいろと驚かされた。リビングに入るとまず目につくのは、正面の壁に同じ円形の掛け時計が五つ、違う時刻を指して横に並んでいたことだ。

「日本の時間はどれ?」

と訊くと、左から二番目だという。

「左からニューヨーク、東京、パリ、アムステルダム、バンコクの時刻です」

S君は歌うようにそう言った。

またある時、少年みたいな明るい笑顔で、

「今度、凧揚げにいきましょうよ」

と誘ってくれたことがあった。凧揚げに誘われるなんて、小学四年生以来のことだ。

「気持いいですよお！　凧、今のは誰でも簡単に揚がるやつだから、面白いですよ」

「いいねえ」

「伊豆スカイラインてあるじゃないですか。あの道路の途中にね、すっごく広い駐車場があって、そこで凧を揚げると、向こうに富士山どかーん、て感じで、チョー気持いいんすよ」

その絵を思い描いて、私は身ぶるいした。心底「いいなあ！」と思ったのである。

数年前、バリ島で凧を見た時のことを思い出す。青い空に様々な色の凧がいくつも揚がっていた。あんまりたくさん揚がっているので、大会でもあるのかと思って、浜辺で凧を揚げている青年に訊いてみた。

「どうして凧を揚げてるんだい？」

青年は凧紐の先を石に結びつけ、寝転がって凧を眺めていたのだが、私の問いかけに不思議そうな顔で、こう答えた。

「だって……きれいだから」

私は何て馬鹿げた質問をしてしまったのだろう、と自分が恥ずかしくなった。年を取るにつれて人は理屈を好むようになり、理由の必要がないものにまで理由をこしらえようとする――こういう頭でっかちになってしまった大人に、自らの不純さを気づかせてくれるのは、いつも青年である。

部屋の呼び出しチャイムを鳴らして、しばらく待つ。ややあってから「はあい」と返事があって、扉が開く。

「こんにちはー」

Nちゃんを抱いたTちゃんが現れた。笑顔だ。Nちゃんとハイタッチして、私も笑顔になる。

「Nちゃん一歳のお誕生日おめでとう」

と言うと、嬉しそうにキャッキャッと笑う。可愛い……どうしようもなく可愛い。S君の部屋へ通される前に、私は洗面所に寄って、うがい手洗いをちゃんとした。あんなに可愛いものを触るのだから、この年寄りの汚れた手をできるだけ清潔にしなければ！という義務感というか使命感みたいなものを感じてしまう。だから全力で手を洗い、

「ちわー」

とS君の部屋に入っていった。彼はアーロン・チェアに座って三台のパソコン・モニターを相手に、仕事中だった。傍らのソファにかけて、静かにしていると、あらためてTちゃんがNちゃんを抱いて現れた。魔法みたいにぱっと室内が明るくなる。

「どれ、おじいちゃんのところへおいで」

そう言って抱き取ったのだが、考えてみれば本当にこれくらいの孫がいたっておかしくない年なのだ、私は。

「大きくなったねえ！　ほおら、高い高い！」

「あばばば」

「うー、可愛い」

抱きしめようとすると、のけぞって逃げられてしまった。Nちゃんは今、伝い歩きおよびヨチヨチ歩きの時期にある。一時もじっとしていない。表情もころころ変わる。

「この前は……いつ頃でしたっけ？」

「八ヶ月かな。まだハイハイしてた」

Nちゃんはソファに摑まり立ちし、喃語《なんご》で何事か言いながらS君に向かって歩き出した。かなり危なっかしい足取りだ。一、二、三、四、五歩めで尻もちをついた。でした。

もすぐに立ち上がり、また今にも転びそうな足取りで歩き出す。それを見て、いい大人たちが大騒ぎだ。

「歩いた歩いた！」

「Nちゃん歩きましたねえ」

「偉いねえ」

三人で褒めそやすと、Nちゃんはちょっと得意そうな顔をして、また歩き出そうとする。でも足元に赤いカニのおもちゃがあるのに気がつくと、ぱっと切り換えてカニで遊び出す。無心で遊ぶ。

「あ、これ。誕生日プレゼント」

「ありがとうございます」

「中身はモナカだよ」

「モナカ？」

「餡と皮が別々になってて、自分で作るの。Nちゃんは皮だけ食べればいいだろう？」

「なーるほど」

Tちゃんが感心して、包みを開けた。木へらを取り出し、餡の袋を開けて、モナカを作り出す。

「じゃNちゃんは皮ね」

S君がそう言ってモナカの皮を差し出すと、Nちゃんはそれを奪うようにして取り、すぐに口に入れた。一瞬、真剣な目になって味を確かめ、食べ物だと分かると同時に、キャッキャと笑う。

「おいしい、このモナカ!」

Tちゃんが瞳を輝かして喜んだ。私とS君の分も作ってくれたので、食べてみると、確かにサクッと美味しい。餡も甘すぎず、後味が好い。S君も喜んで、もう一個作ってくれとせがんだ。

「どうですか最近、こっちのほうは?」

書き物の振りをしながら、S君が尋ねてきた。

「進んでるよ」

私は答えた。あともう少しで終わりそうだと。

「ええー、じゃあもうすぐ本になるんだー。久しぶりですよねえ」

Tちゃんに言われて、私は照れた。本当に久しぶり――ちゃんとした小説としては、十年ぶりになる。この長いブランクが、私は恥ずかしかったのだ、と今さらながらに気づいた。

「どういう話なんです？」

無邪気な口調でS君に訊かれて、私は返答に窮した。それを一言で言い表せれば、苦労はない。

自分はぜんたい何を書こうとしてきたのか？　あらためて自問してみると、最初に脳裏に浮かんできたのは、あの日、バリ島の空に揚がっていた凧だった。風は常に未来から吹いてくる。それを受けて、私の凧は天高く舞い上がる。地上とは、ただ一本の糸で繋がっているだけだ。見上げれば、その姿はただ純粋に美しい。けれど逆に、凧から見下ろす地上の風景は一体どんなふうに見えるのだろう？　私が書きたかったのは、多分そんなことだ。だけどそれをS君たちに説明するのは憚《はばか》られて、私は苦笑いを浮かべて黙っていた。

Tちゃんの腕の中で、Nちゃんはいつのまにかうっとりと小さな寝息をたてている。

岩波現代文庫版　あとがき

ある著名人が、自分は朝起きたら、まず自分が死ぬところを想像する、と語っているのをテレビで観たことがある。

「こう、瞑想するような感じでね、本気で想像するの。毎日違うんだけど、例えばある朝は、虎に頭をかじられて死ぬところを想像するわけ。ちゃんとイメージしてね。それで、ああ、自分は死んだってことを意識してから、一日を始めるんだよね。これがね、いいんだ。生きてるって感じが、すごくするんだよね」

正直、私は感心した。虎に頭をかじられるというのは、あんまり想像してみたくないが、とにかく朝一番に自分の死をイメージしてから一日を始めるというのは、なかなかどうして正しいような気がする。

人は、基本的に〝死〟を隠そうとする。あらわになるのが怖いのだ。できるだけ〝死〟には触れないで、生きていこうとする。しかし考えてみれば、そうやって隠そうとするから、怖いのだ。隠そうとしなければ、〝死〟は怖くなくなる。だから、あらわにする方が、実は生き易いのだ。

本書『メメント・モリ』は、そういう解釈のもとに読んでみると、〝死〟をあらわにすることによって、〝生〟をあらわにした作品である。

書くにあたって留意したのは、あくまでも筆にまかせる、という点だった。冒頭にもある通り、この作品は、

「何を書こうというあてもなしに」

書き始めたものである。そして、その描き方を最後まで変えなかった。『メメント・モリ』というタイトルだけを頼りに、一章ずつ、その時に思いついたことを書いていった。だから書いている途中は、自分でもどこへ話が飛んでいくか、分からない――そういう初めて試す曲芸みたいなあやうさが常にあって、私自身を飽きさせなかった。最後まで書けたのは、そのせいだと思う。

本書の文庫化にあたっては、岩波書店の坂本政謙氏にご尽力いただいた。最後になるが、氏に、最大級の感謝の意を表したい。

二〇二〇年三月吉日

原田宗典

本書は二〇一五年一一月、新潮社より刊行された。

メメント・モリ

2020年5月15日　第1刷発行

著　者　原田宗典《はらだむねのり》

発行者　岡本　厚

発行所　株式会社　岩波書店
〒101-8002 東京都千代田区一ツ橋2-5-5
案内 03-5210-4000　営業部 03-5210-4111
https://www.iwanami.co.jp/

印刷・精興社　製本・中永製本

ISBN 978-4-00-602324-9　　Printed in Japan

岩波現代文庫創刊二〇年に際して

二一世紀が始まってからすでに二〇年が経とうとしています。この間のグローバル化の急激な進行は世界のあり方を大きく変えました。世界規模で経済や情報の結びつきが強まるとともに、国境を越えた人の移動は日常の光景となり、今やどこに住んでいても、私たちの暮らしは世界中の様々な出来事と無関係ではいられません。しかし、グローバル化の中で否応なくもたらされる「他者」との出会いや交流は、新たな文化や価値観だけではなく、摩擦や衝突、そしてしばしば憎悪までをも生み出しています。グローバル化にともなう副作用は、その恩恵を遥かにこえていると言わざるを得ません。

今私たちに求められているのは、国内、国外にかかわらず、異なる歴史や経験、文化を持つ「他者」と向き合い、よりよい関係を結び直してゆくための想像力、構想力ではないでしょうか。

新世紀の到来を目前にした二〇〇〇年一月に創刊された岩波現代文庫は、この二〇年を通して、哲学や歴史、経済、自然科学から、小説やエッセイ、ルポルタージュにいたるまで幅広いジャンルの書目を刊行してきました。一〇〇〇点を超える書目には、人類が直面してきた様々な課題と、試行錯誤の営みが刻まれています。読書を通した過去の「他者」との出会いから得られる知識や経験は、私たちがよりよい社会を作り上げてゆくために大きな示唆を与えてくれるはずです。

一冊の本が世界を変える大きな力を持つことを信じ、岩波現代文庫はこれからもさらなるラインナップの充実をめざしてゆきます。

（二〇二〇年一月）

B272
芥川龍之介の世界
中村真一郎

芥川文学を論じた数多くの研究書の中で、中村真一郎の評論は、傑出した成果であり、最良の入門書である。〈解説〉石割　透

B273-274
法服の王国
小説裁判官(上・下)
黒木　亮

これまで金融機関や商社での勤務経験を生かしてベストセラー経済小説を発表してきた著者が新たに挑んだ社会派巨編・司法内幕小説。〈解説〉梶村太市

B275
惜《せき》櫟《れき》荘《そう》だより
佐伯泰英

近代数寄屋の名建築、熱海・惜櫟荘が、新しい「番人」の手で見事に蘇るまでの解体・修復過程を綴る、著者初の随筆。文庫版新稿「芳名録余滴」を収載。

B276
チェロと宮沢賢治
―ゴーシュ余聞―
横田庄一郎

「セロ弾きのゴーシュ」は、音楽好きであった賢治の代表作。楽器チェロと賢治の関わりを探ることで、賢治文学の新たな魅力に迫る。〈解説〉福島義雄

B277
心に緑の種をまく
―絵本のたのしみ―
渡辺茂男

児童書の翻訳や創作で知られる著者が、自らの子育て体験とともに読者に語りかけるように綴った、子どもと読みたい不朽の名作絵本45冊の魅力。図版多数。〈付記〉渡辺鉄太

2020.5

岩波現代文庫[文芸]

B278
ラ ニ ー ニ ャ
伊藤比呂美

あたしは離婚して子連れで日本の家を出た。心は二つ、身は一つ…。活躍し続ける詩人の傑作小説集。単行本未収録の幻の中編も収録。

B279
漱石を読みなおす
小 森 陽 一

戦争の続く時代にあって、人間の「個性」にこだわった漱石。その生涯と諸作品を現代の視点からたどりなおし、新たな読み方を切り開く。

B280
石原吉郎セレクション
柴 崎 聰 編

石原吉郎は、シベリアでの極限下の体験を硬質にして静謐な言葉で語り続けた。テーマ別に随想を精選、詩人の核心に迫る散文集。

B281
われらが背きし者
ジョン・ル・カレ
上岡伸雄
上杉隼人訳

恋人たちの一度きりの豪奢なバカンスがマフィアの取引の場に！ 政治と金、愛と信頼を賭けた壮大なフェア・プレイを、サスペンス小説の巨匠ル・カレが描く。〈解説〉池上冬樹

B282
児 童 文 学 論
リリアン・H・スミス
石井桃子
瀬田貞二訳
渡辺茂男

子どものためによい本を選び出す基準とは何か。児童文学研究のバイブルといわれる名著が、いま文庫版で甦る。〈解説〉斎藤惇夫

岩波現代文庫［文芸］

B283
漱石全集物語
矢口進也

なぜこのように多種多様な全集が刊行されたのか。漱石独特の言葉遣いの校訂、出版権をめぐる争いなど、一〇〇年の出版史を語る。〈解説〉柴野京子

B284
美は乱調にあり　―伊藤野枝と大杉栄―
瀬戸内寂聴

伊藤野枝を世に知らしめた伝記小説の傑作が、文庫版で蘇る。辻潤、平塚らいてう、そして大杉栄との出会い。恋に燃え、闘った、新しい女の人生。

B285-286
諧調は偽りなり（上・下）　―伊藤野枝と大杉栄―
瀬戸内寂聴

アナーキスト大杉栄と伊藤野枝。二人の生と闘いの軌跡を、彼らをめぐる人々のその後とともに描く、大型評伝小説。下巻に栗原康氏との解説対談を収録。

B287-289
口訳万葉集（上・中・下）
折口信夫

生誕一三〇年を迎える文豪による『万葉集』の口述での現代語訳。全編に若さと才気が溢れている。〈解説〉持田叙子（上）、安藤礼二（中）、夏石番矢（下）

B290
花のようなひと
佐藤正午
牛尾篤画

日々の暮らしの中で揺れ動く一瞬の心象風景を〝恋愛小説の名手〟が鮮やかに描き出す。秀作「幼なじみ」を併録。〈解説〉桂川潤

2020.5

B291
中国文学の愉しき世界
井波律子

烈々たる気概に満ちた奇人・達人の群像、壮大にして華麗な中国的物語幻想の世界！　中国文学の魅力をわかりやすく解き明かす第一人者のエッセイ集。

B292
英語のセンスを磨く
―英文快読への誘い―

行方昭夫

「なんとなく意味はわかる」では読めたことにはなりません。選りすぐりの課題文の楽しく懇切な解読を通じて、本物の英語のセンスを磨く本。

B293
夜長姫と耳男
近藤ようこ漫画
坂口安吾原作

長者の一粒種として慈しまれる夜長姫。美しく、無邪気な夜長姫の笑顔に魅入られた耳男は、次第に残酷な運命に巻き込まれていく。

〔カラー6頁〕

B294
桜の森の満開の下
近藤ようこ漫画
坂口安吾原作

鈴鹿の山の山賊が出会った美しい女。山賊は女の望むままに殺戮を繰り返す。虚しさの果てに、満開の桜の下で山賊が見たものとは。

〔カラー6頁〕

B295
中国名言集　一日一言
井波律子

悠久の歴史の中に煌めく三六六の名言を精選し、一年各日に配して味わい深い解説を添える。毎日一頁ずつ楽しめる、日々の暮らしを彩る一冊。

B296
三国志名言集
井波律子

波瀾万丈の物語を彩る名言・名句・名場面の数々。調子の高さ、響きの楽しさに、思わず声に出して読みたくなる！　情景を彷彿させる挿絵も多数。

B297
中国名詩集
井波律子

前漢の高祖劉邦から毛沢東まで、選び抜かれた珠玉の名詩百三十七首。人が生きることの哀歓を深く響かせ、胸をうつ。

B298
海うそ
梨木香歩

決定的な何かが過ぎ去ったあとの、沈黙する光景の中にいたい——。いくつもの喪失を越えて、秋野が辿り着いた真実とは。〈解説〉山内志朗

B299
無冠の父
阿久悠

舞台は戦中戦後の淡路島。「生涯巡査」の父をモデルに著者が遺した珠玉の物語が文庫に。父親とは、家族とは？〈解説〉長嶋有

B300
実践 英語のセンスを磨く
—難解な作品を読破する—
行方昭夫

難解で知られるジェイムズの短篇を丸ごと解説し、読みこなすのを助けます。最後まで読めば、今後はどんな英文でも自信を持って臨めるはず。

2020. 5

岩波現代文庫[文芸]

B301-302
またの名をグレイス(上・下)
マーガレット・アトウッド
佐藤アヤ子訳

十九世紀カナダで実際に起きた殺人事件を素材に、巧みな心理描写を織りこみながら人間存在の根源を問いかける。ノーベル文学賞候補とも言われるアトウッドの傑作。

B303
塩を食う女たち
聞書・北米の黒人女性
藤本和子

アフリカから連れてこられた黒人女性たちは、いかにして狂気に満ちたアメリカ社会を生きのびたのか。著者が美しい日本語で紡ぐ女たちの歴史的体験。〈解説〉池澤夏樹

B304
余白の春
—金子文子—
瀬戸内寂聴

無籍者、虐待、貧困——過酷な境遇にあって自らの生を全力で生きた金子文子。獄中で自殺するまでの二十三年の生涯を、実地の取材と資料を織り交ぜ描く、不朽の伝記小説。

B305
この人から受け継ぐもの
井上ひさし

著者が深く関心を寄せた吉野作造、宮沢賢治、丸山眞男、チェーホフをめぐる講演・評論を収録。真摯な胸の内が明らかに。〈解説〉柳 広司

B306
自選短編集 パリの君へ
高橋三千綱

売れない作家の子として生を受けた芥川賞作家が、デビューから最近の作品まで単行本未収録の作品も含め、自身でセレクト。岩波現代文庫オリジナル版。〈解説〉唯川 恵

B307-308
赤い月(上・下)
なかにし礼

終戦前後、満洲で繰り広げられた一家離散の悲劇と、国境を越えたロマンス。映画・テレビドラマ・舞台上演などがなされた著者の代表作。〈解説〉保阪正康

B309
アニメーション、折りにふれて
高畑勲

自らの仕事や、影響を受けた人々や作品、苦楽を共にした仲間について縦横に綴った生前最後のエッセイ集、待望の文庫化。〈解説〉片渕須直

B310
花の妹 岸田俊子伝
―女性民権運動の先駆者―
西川祐子

京都での娘時代、自由民権運動との出会い、政治家・中島信行との結婚など、波瀾万丈の生涯を描く評伝小説。文庫化にあたり詳細な注を付した。〈解説〉和崎光太郎・田中智子

B311
大審問官スターリン
亀山郁夫

自由な芸術を検閲によって弾圧し、政敵を粛清した大審問官スターリン。大テロルの裏面と独裁者の内面に文学的想像力でせまる。文庫版には人物紹介、人名索引を付す。

B312
声の力
―歌・語り・子ども―
河合隼雄
阪田寛夫
谷川俊太郎
池田直樹

童謡、詩や絵本の読み聞かせなど、人間の肉声の持つ力とは? 各分野の第一人者が「声」の魅力と可能性について縦横無尽に論じる。

2020.5

B313
惜櫟荘の四季
佐伯泰英

惜櫟荘の番人となって十余年。修復なった後も手入れに追われ、時代小説を書き続ける毎日が続く。著者の旅先の写真も多数収録。

B314
黒雲の下で卵をあたためる
小池昌代

誰もが見ていて、見えている日常から、覆いがはがされ、詩が詩人に訪れる瞬間。詩人は詩をどのように読み、文字を観て、何を感じるのか。〈解説〉片岡義男

B315
夢十夜
近藤ようこ漫画
夏目漱石原作

こんな夢を見た――。怪しく美しい漱石の夢の世界を、名手近藤ようこが漫画化。描き下ろしの「第十一夜」を新たに収録。

B316
村に火をつけ、白痴になれ
伊藤野枝伝
栗原康

結婚制度や社会道徳と対決し、貧乏に徹しわがままに生きた一〇〇年前のアナキスト、伊藤野枝。その生涯を体当たりで描き話題を呼んだ爆裂評伝。〈解説〉ブレイディみかこ

B317
僕が批評家になったわけ
加藤典洋

批評のことばはどこに生きているのか。その営みが私たちの生にもつ意味と可能性を、世界と切り結ぶ思考の原風景から明らかにする。〈解説〉高橋源一郎

岩波現代文庫［文芸］

B318
振仮名の歴史
今野真二
「振仮名の歴史」って？　平安時代から現代まで続く「振仮名の歴史」を辿りながら、日本語表現の面白さを追体験してみましょう。

B319
上方落語ノート 第一集
桂　米朝
上方落語をはじめ芸能・文化に関する論考・考証集の第一集。「花柳芳兵衛聞き書」「ネタ裏おもて」「考証断片」など。〈解説〉山田庄一

B320
上方落語ノート 第二集
桂　米朝
名著として知られる『続・上方落語ノート』を文庫化。「落語と能狂言」「芸の虚と実」「落語の面白さとは」など収録。〈解説〉石毛直道

B321
上方落語ノート 第三集
桂　米朝
名著の三集を文庫化。「先輩諸師のこと」「不易と流行」「天満・宮崎亭」「考証断片・その三」など収録。〈解説〉廓　正子

B323
可能性としての戦後以後
加藤典洋
戦後の思想空間の歪みと分裂を批判的に解体し大反響を呼んできた著者の、戦後的思考の更新と新たな構築への意欲を刻んだ評論集。〈解説〉大澤真幸

2020.5

岩波現代文庫[文芸]

B324

メメント・モリ

原田宗典

死の淵より舞い戻り、火宅の人たる自身の半生を小説的真実として描き切った渾身の作。懊悩の果てに光り輝く魂の遍歴。

2020. 5